Pierre

Sally Wood
et
le Testament
d'Agakor

Roman

À Hedwige. À Alexandra.
À ma famille. À mes amis.

1

Il était vingt heures au commissariat de Wood street, comme partout ailleurs en Angleterre, ce soir froid de mars 1915. Les inspecteurs avaient déserté les bureaux pour quelques heures. Les odeurs de cigarettes hantaient les boiseries vieillissantes des cloisons. Dans le silence épais, on pouvait encore entendre les machines à écrire, les ordres braillés, les bottes de service qui encadraient les pieds souvent nus des inculpés de la rue. Le vent trop frais s'invitait par les fentes des fenêtres vieilles et lasses. Il apportait une mélopée plaintive qui n'égayait pas ces locaux abandonnés. À cette heure-ci, le lieu prenait les airs d'un théâtre après la représentation. Avec ses restes de lumière, ses chaises qui finissent de tourner, ses pages qui viennent de se poser et qu'il faudra reclasser pour le public du lendemain.

Mais Sally n'était pas là pour classer quoique ce soit, encore moins pour rêvasser. Une heure pour mettre au propre douze bureaux habités le jour par des hommes, pressés et fumeurs. Elle que les relents de tabac irritent. Son père inondait chaque soir la cuisine de ses nuages de cigarettes bon marché. Sally en gardait la nausée et ce boulot le lui rappelait tous les soirs. Pourtant, elle bravait ses répulsions pour être ici, dans un commissariat, au cœur de ce monde d'enquêtes dont elle rêve depuis l'enfance. À vingt-six ans, femme et sans autres diplômes que des prix de joutes sportives et des coupes de tir à l'arc, Sally Wood n'avait aucune possibilité de devenir enquêteuse dans la police de Londres. Alors, quand elle avait eu connaissance de ce poste à l'entretien du commissariat de Wood street, elle s'était présentée et son enthousiasme et son énergie avaient emporté l'adhésion des recruteurs. Elle se plaisait à voir dans la similitude de son patronyme et de la rue du commissariat, le signe qu'un jour sa chance viendrait et que ce travail en était le premier pas.

Peu avant vingt et une heures, son chariot docile montait la garde dans le couloir principal, à la hauteur du dernier poste de travail. Comme elle l'avait fait pour les onze autres, elle entra, ramassa les feuilles, les crayons et tout autre objet récupérable qui jonchaient le sol en lames de bois brutes. En les déposant sur le bureau, elle remarqua, parmi les piles de fiches et notes amoncelées, un dossier au titre étrange. Tout en balayant, il fallait terminer son travail dans les temps, elle tentait d'en découvrir plus et survolait des yeux l'énigmatique document. Elle se savait seule, mais des regards réguliers vers la porte et une oreille en radar lui garantissaient la discrétion et sans nul doute, sa place. Le vent battait maintenant plus fort et la pluie cinglait les vitres en claquements aigus et répétés. « Je vais encore être trempée », se dit-elle, soudain attirée par un signe qu'elle n'avait jamais vu. Elle tira sur la feuille qui dépassait du dossier et orienta la tête pour mieux considérer le dessin.

« Tiens, un caractère… du chinois peut-être ! » pensa-t-elle. Elle repéra à nouveau les alentours et fut assez fière de sa prudence, d'ordinaire pas très naturelle chez elle. La curiosité étant trop forte, Sally se pencha et ouvrit le dossier. De plus en plus intriguée, elle lut en première page : « Disparition du professeur Philright » — « CONFIDENTIEL ». Un sourire satisfait aux lèvres qu'elle mordillait d'excitation, Sally recopia les coordonnées du professeur et l'étrange signe sur un morceau de papier qu'elle glissa dans son corsage. Puis, avec soin, elle remit le dossier en place, embarqua son attirail, éteignit les lumières et se dirigea vers la sortie.

Elle n'aimait pas cette dernière minute qui l'obligeait à traverser le long couloir extérieur en arcades éclairé par les faibles candélabres de la rue. Le vent et la pluie redoublaient. Son chariot grinçant à chaque tour de roue jusqu'à son rangement et ses pas renvoyés par la réverbération sinistre de la galerie lui donnaient ce soir-là un sentiment d'insécurité plus grand que d'habitude. Le petit vol d'informations ajoutait encore une couche de frissons dont, bien qu'elle en était la cause, elle se serait bien passée. Le portique qui ouvrait sur Wood street n'était plus qu'à quelques pas. Sally leva un bras et porta son sac à main au-dessus de sa tête pour la protéger de l'averse qui l'attendait de l'autre côté. Elle approchait sa main libre de la lourde poignée quand la porte s'ouvrit avec violence, la frappant au visage et la projetant à terre. Un homme en pleine course avait poussé le battant droit de tout son poids, de tout son élan. La lampe cochère poussive et les gémissements de Sally lui montrèrent qu'il n'était pas seul. Il venait de comprendre et se précipita vers la jeune femme :

— Qu'est ce que vous faites là? Oh, mon Dieu, vous êtes tombée! Mais vous êtes blessée? l'interrogea-t-il entre étonnement et culpabilité.

— S'il vous reste une question… ne vous gênez pas… je

vous écoute! répondit Sally étendue sur les pavés noirs, sonnée, mais pas au point de perdre sa verve. Elle tâta son nez ensanglanté du revers de la main.

— Et vous, ça va? enchaîna-t-elle.

L'homme l'aida à s'asseoir et lui tamponna délicatement le nez.

— Oui, moi ça va merci ! sourit-il découvrant sous la faible lumière le beau visage de Sally qui leva les yeux vers lui. Et vous, comment vous sentez-vous? s'inquiéta-t-il.

— Juste l'impression d'avoir lutté contre un cheval…! lui dit-elle en se relevant. L'homme aimait déjà son humour. Et je crois que je vais vous avoir dans le nez pendant un moment!

Il éclata d'un franc rire qui partit en boomerang au fond de la galerie.

— Tomsburry… Peter Tomsburry! dit-il en serrant officiellement la main de Sally et espérant le nom de cette charmante rencontre.

— Je sais qui vous êtes inspecteur! confirma-t-elle surprise de le voir à cette heure tardive, puis très vite inquiète. Elle s'efforça de ne rien en laisser paraître.

— Mais c'est très injuste! Vous savez qui je suis et moi je ne vous connais pas? dit-il en souriant.

— C'est très injuste, vous avez raison. Vous devriez pourtant! lui assena-t-elle un peu plus sentencieuse qu'elle ne l'aurait souhaité.

— Mais je… ne… vous… ! bredouilla-t-il pantois.

— Eh bien… pas très observateur monsieur le policier! coupa-t-elle en rajustant et brossant son manteau taché. Tomsburry conquit par ce beau brin de malice devait pourtant se défendre.

— Vous voulez dire que je vous ai déjà vue? demanda l'inspecteur un peu confus.

Elle acquiesça en silence.

— Mais si c'était le cas, croyez-vous que j'aurais pu oublier un si charmant minois? lui dit-il, assuré de son effet.

En baissant la tête, Sally aperçut un papier par terre et reconnut sa petite note secrète qui avait dû être éjectée dans la chute. L'inspecteur remarqua le regard absorbé de la jeune femme et vit le papier blanc qui se détachait sur les pavés sombres.

— Tiens, qu'est-ce que c'est? fit-il en faisant un pas pour mieux voir. Il se pencha, le ramassa. Sally ne réagit pas, c'eût été suspect.

Tomsburry ouvrit le feuillet et lut.

— Mais… qu'est-ce que ça fait là? dit-il, interloqué par cette improbable découverte.

Il toisa Sally avec le plus sérieux des regards.

— Rassurez-moi, ce n'est pas à vous? Il ne la lâchait pas des yeux.

— Non! Voyez-vous, les papiers, moi je les ramasse, je ne les mets pas par terre. Il la fixait avec une insistance qui aurait fait trembler un détecteur de mensonges. Mais Sally ne broncha pas. Elle tenta une dernière fois l'humour qui semblait tant plaire à cet inspecteur.

— Nouvelle méthode? Frappez d'abord… interroger ensuite! lui dit-elle en souriant pour tenter de lui faire lâcher prise.

L'inspecteur ne plaisantait pas.

— Votre nom, prénom et qu'est-ce que vous faites là à cette heure-ci? lui intima-t-il sur un ton encore compréhensif, mais direct.

Sally comprit qu'elle ne devait pas jouer avec le feu.

— Monsieur l'inspecteur, je suis Miss Wood, je m'occupe de l'entretien de vos bureaux et là je rentrais chez moi.

Elle sortit sa carte de travail l'attestant comme membre du département de police de Londres. L'inspecteur accepta le document.

— Écoutez, Miss… Sally Wood, dit-il en relisant le badge et

en relâchant la pression d'un cran. Tout d'abord, mes excuses de ne pas vous reconnaître, mais je ne vous ai jamais vue ici! assura-t-il. Ensuite…! Il chercha ses mots.

— Je dois savoir si oui ou non vous connaissez le contenu de ce billet.

— Qu'est-ce que vous voulez dire? s'inquiéta Sally.

— Écoutez! Nous avons deux solutions : soit vous montez avec moi au bureau maintenant et on règle la question. Soit, je vous laisse rentrer chez vous et je veux vous voir demain à la première heure ici. Je précise que tous mes collèges seront là et poseront sûrement des questions. Qu'est-ce que vous préférez?

Sally prit un léger temps. Le portique resté ouvert laissait entrer un air plus doux, la pluie avait cessé.

— Il ne pleut plus, je vais rentrer! dit-elle en jouant la déception. Au revoir! Elle lui tourna le dos et partit.

— Miss Wood, je vous en prie! implora presque l'inspecteur. Il la regarda passer le porche et disparaître dans l'ombre des murs de Cheapside.

2

À huit heures tapantes le lendemain, Peter Tomsburry entrait au commissariat. Il s'adressa à l'agent de réception.

— Bonjour sergent, est-ce que quelqu'un, une femme, m'a demandé ce matin?

— Bonjour inspecteur! Non, personne pour l'instant!

— Étrange…! C'est prioritaire, prévenez-moi quand elle sera là.

Les douze bureaux du commissariat commençaient à s'animer, à se remplir des senteurs de café mêlées aux fragrances trop fraîches des after-shave. Le doucereux mélange couvrait pour quelques minutes encore le relent de cendres froides laissé par la nuit.

Assis à son bureau recouvert d'un formica vert, décoloré par le temps, l'inspecteur Tomsburry inscrivait en petites notes courtes le déroulement de sa rencontre avec Miss Wood la veille au soir. Un rai de lumière blanche filtrée par la fenêtre haute tombait sur ses papiers épars et l'éblouissait. Son résumé terminé, il jeta un coup d'œil à travers la vitre de la cloison qui donnait du côté de la réception. Dans l'enfilade, il lut huit heures trente cinq à la grande horloge murale qui avait tout pouvoir sur les hommes, tel l'intraitable hortator de cette galère à douze compartiments.

Cette pensée fantastique venait de le quitter quand le sergent MacCulum fit irruption dans son espace.

— Inspecteur…!
— Oui…! fit Tomsburry sans lever la tête.
Le sergent lui tendait une note.
— Une femme vient d'appeler!
— Son nom, MacCulum!
— Ben, justement, elle ne l'a pas dit! répondit le sergent embarrassé.

Tomsburry leva les yeux.
— Et alors? demanda-t-il impatient d'avoir à ce point à quémander les informations.
— C'est bizarre, elle a dit que si vous vouliez la voir, ce sera à cette adresse à vingt heures ce soir. MacCulum tendit la note à l'inspecteur.
— Quoi? fit Tomsburry avec le visage qui se convulsait entre stupeur et incrédulité. Il prit sèchement la note. Elle ne manque pas d'air!
— Vous savez qui c'est? s'enquit le sergent.

Certain que le sergent devait la connaître, Tomsburry resta évasif.
— Plus ou moins… on est sur une grosse affaire! fit-il pour calmer la curiosité du sergent. Merci, MacCulum!
— J'oubliais, fit le sergent qui s'éloignait déjà, elle a insisté pour que vous veniez seul! Je demande deux gars si vous voulez?
— Non merci, il n'y a pas de danger! répondit Tomsburry sans remarquer le petit sourire dubitatif du sergent.
— Comme vous voulez inspecteur!

Tomsburry lut l'adresse griffonnée. Il fouilla le désordre devant lui, souleva les dossiers, écarta les notes, mais il ne trouvait pas. Puis, il se souvint : « Le papier d'hier soir… ». D'un geste vif, il plongea sa main au fond de son veston et en tira le papier qu'il ouvrit en hâte. « Qui est cette femme et que veut-elle? » réfléchit-il en constatant que l'adresse du papier et celle du rendez-vous étaient identiques : 13, College street, appartement B, premier étage.

Sally jouait très gros, elle le savait. Elle savait aussi que l'inspecteur Tomsburry qui était maintenant au courant pour le papier pouvait à tout moment débarquer chez elle et l'inculper pour subtilisation d'éléments d'une enquête en cours. Un délit très grave, d'autant pour une employée de la maison. Mais son intuition lui disait que cet homme qui aimait les énigmes, cet homme aux grands yeux bleu acier ravageurs aurait envie d'en savoir plus sur elle. Et puis, ne s'était-elle pas livrée à lui par le message au sergent? Cette marque de confiance, elle l'espérait, amènerait Peter Tomsburry au rendez-vous de vingt heures.

L'inspecteur se demandait si on ne lui faisait pas une farce et si cette femme qui venait de s'avouer coupable, n'était pas la vile complice de ses collègues ou si on lui avait arrangé un rendez-vous galant aux allures d'énigme. C'est vrai qu'il l'avait trouvée charmante, cette intrigante. Il regarda le plus naturellement possible autour de lui, mais ne put rien déceler de suspect. Les inspecteurs tapaient des rapports, interrogeaient, les agents escortaient et tout ce petit monde semblait ignorer même sa présence. Et si c'était sérieux! Si cette Sally Wood lui tendait un piège. Mais pour quel mobile? Non, il sentait qu'il devait tenter l'expérience. Et puis, il serait toujours temps de l'inculper ensuite si elle devait s'avérer mal intentionnée. Il irait donc à ce rendez-vous, il le fallait.

3

La gare de Charing Cross brillait sous la pluie. Les suies qui s'agrippaient aux façades les habillaient en reflets de métal gris-bleu. Des automobiles déposaient leurs passagers et larguaient des fumées nauséabondes qui incommodaient, plus que les autres, les résistants à cette machine de l'enfer. Les moteurs masquaient les claquements des fouets et des sabots que certains commençaient déjà à regretter. À dix-neuf heures chaque soir, la gare prenait les allures d'une fourmilière que l'incursion brutale d'un bâton rend folle et bouillonnante. Cette soudaine excitation s'imposait face au placide tumulte de l'après-midi. Les graisses des palonniers tombaient liquéfiées sur les rails du terminus. L'huile et le charbon mêlés marquaient de leurs effluves corsés les odorats même les plus aguerris. Une chaudière se calmait quand une autre s'échauffait pour aller courir la campagne anglaise, des heures durant par cette nuit plombée de mars.

Sur le parvis principal, un homme que tout le monde remarqua venait de descendre d'une automobile taxi. Alors que le chauffeur déchargeait les dernières valises, Mr Glentork, du haut de sa grande taille, scrutait la foule à la recherche de porteurs. Brun, mince, la trentaine bien franchie, il se tenait à côté d'une pyramide de malles en osier entassées par ordre de grandeur. Une cigarette entre les doigts, il fumait avec élégance et détachement. Jonathan Glentork dépareillait parmi les usagers des banlieues vêtus de sombre qui marchaient vite et le regard bas. Son veston de lin, court de taille et à double poche, s'ouvrait sur un gilet bien fermé et un pantalon large. L'ensemble aux teintes écrues était des plus voyants. Son air d'aristocrate voyageur, son regard pointant au loin et le flegme qu'il dégageait laissaient à penser qu'il fût fortuné. Aussi, il ne dut pas attendre bien longtemps avant que deux garçons porteurs ne viennent lui proposer leurs offices.

— Un p'tit service, M'sieur? demanda le plus avenant.

— Certainement! Amenez les malles sur le quai 8 et mettez-les dans le train. Je ne serai pas long! fit Glentork sur un ton neutre sans sourire.

— Bien, M'sieur!

Glentork traversa le gigantesque hall au toit vitré et déboucha sur l'ère d'accès au quai. La grande horloge indiquait dix-neuf heures dix. Il s'approcha d'un bar à bière qu'une journée de passages avait rempli d'odeurs cruelles. En dépit de son allure et de son éducation bourgeoise de Marylebone, Jonathan Glentork savait s'accommoder de chaque situation. Il avait même un faible pour les endroits que les gens de son rang évitaient avec dédain. « J'aime la jungle, les savanes où les hommes s'égarent et se battent pour exister », disait-il à ses détracteurs. Mais se justifier n'était pas un exercice qu'il pratiquait volontiers et il perdait très vite l'intérêt des relations trop invasives à son goût. Il pénétra dans la noirceur du troquet qui ne laissait voir que les premières tables basses. C'était une sorte de couloir dont les quelques lampes rouges accrochées aux murs gris éclairaient à peine plus que des bougies. Les soubassements mordorés en bois verni donnaient une certaine intimité qui contrastait avec le brouhaha et le mouvement permanents des voyageurs.

Glentork balaya les clients et le décor du regard qu'il arrêta sur un homme seul accoudé au comptoir. Il portait une longue redingote noire, assez élégante, mais stricte. « Un peu triste », pensa Glentork qui commanda une demi-pinte, la régla de suite et la but d'un trait. L'homme au teint clair tourna la tête vers l'Anglais qui écrivait sur le revers d'un sous-bock. Le chapeau melon de l'inconnu gardait ses yeux et une bonne partie de son visage dans l'ombre. Glentork s'approcha de lui et sans un mot, lui glissa le carton sur lequel l'homme lut : Verso? Il se leva et fit signe à l'Anglais de le suivre. Ils sortirent du bar en se frayant un passage entre les voyageurs affairés, passèrent devant les guichets à billets et entrèrent dans une salle dont les lourdes tentures plastifiées grises étaient tirées. L'homme énigmatique laissa entrer Glentork, referma la porte, la verrouilla à double tour et planta la garde.

— Qu'est-ce qu'on fait là? fit Glentork surpris, mais sans perdre son calme. Vous deviez me donner l'enveloppe et les instructions! fit-il en découvrant cette pièce rendue encore plus lugubre par le silence qui y régnait. Au centre, une lampe à bol diffusait un triangle de lumière jaune. Il éclairait un amas de caisses solides en bois clair qui masquait le reste de la salle.

— Bonjour Monsieur Glentork! fit une voix dans la réverbération du local.

Un homme en tenue de docker émergea de l'arrière des caisses, le visage dans l'ombre de sa casquette.

Surpris par cette vision, l'Anglais sourit, dubitatif.

— Oh! Aurais-je un problème avec mes malles! dit Glentork avec une pointe d'ironie.

L'homme fit un signe à Verso qui tendit une enveloppe à Glentork.

— Pardonnez mon excès de prudence, mais une gare peut

être dangereuse pour des gens en affaires comme nous!

Glentork acquiesça et ouvrit le pli.

— Vous ne me connaissez pas, mais moi je sais qui vous êtes! reprit l'homme mystérieux. Je vous ai engagé, non pour votre humour, mais pour vos grandes compétences.

L'Anglais attentif restait sur ses gardes.

— Le mot que je vous ai envoyé ne précisant rien de votre mission — les courriers ne sont pas sûrs, vous savez — je me félicite de votre accord. Il marqua un temps. Dans cette enveloppe, vous trouverez la moitié de la somme du contrat, soit deux mille livres. Le reste vous sera donné au départ de Port Soudan, une fois le travail terminé.

— Mais ce n'est pas ce qui était convenu! fit Glentork sur un ton tranchant. Il commençait à se sentir l'otage de ce commanditaire douteux et menaçant. Verso fit un pas pour prévenir un éventuel débordement de l'Anglais qui, à cette sommation, se ravisa en toute sagesse.

— Et j'imagine que les détails sont là! demanda Glentork en posant une main sur le dos de l'enveloppe.

Il savait bien que dans ce milieu, comme presque partout d'ailleurs, l'argent donne le pouvoir à celui qui en a et le joug à celui qui en manque.

— C'est un plaisir de travailler avec un professionnel! dit l'inconnu dont seules les dents blanches émergeaient de l'ombre et laissaient deviner le cynisme et la fourberie. La cargaison sera chargée cette nuit à Southampton. Inutile de la contrôler, Verso s'en occupera. Contentez-vous d'être efficace avec les Africains! ajouta-t-il péremptoire et suffisant.

Glentork referma l'enveloppe et considéra son interlocuteur.

— Bon voyage, Monsieur Glentork! dit l'homme qui ne souriait plus.

— Oui! fit froidement l'Anglais et espérant un nom... Monsieur?

— Appelez-moi… Docteur!

Verso et Glentork se rendirent d'un pas pressé sur le quai numéro 8. Glentork, encore contrarié, vérifia ses malles entreposées dans le wagon à bagages. Il paya les deux porteurs et monta dans le train qui déjà expulsait ses vapeurs blanches donnant à la lumière qui tombait des candélabres le droit de sculpter l'espace fantomatique de ce quai de gare, la nuit. Puis le convoi se mit en marche, il était dix-neuf heures cinquante-huit à Charing Cross.

4

College street était déserte quand Sally arriva au numéro 13. Devant la porte, elle observa la rue espérant y voir déboucher Peter Tomsbury. Le vent se levait et faisait osciller l'éclairage public qui traçait une ligne oblique en mouvement sur l'entrée de l'immeuble et sur le visage de la jeune femme. Elle commençait à ressentir le froid. Elle se calfeutra contre la porte et consulta sa montre. La grande aiguille avait passé le zénith depuis deux minutes. Un bruit de pas lui fit en faire un en avant. Un couple sortait d'un immeuble au bout de la rue. Cédant un instant à l'idée qu'elle s'était peut-être trompée sur la largesse d'esprit de l'inspecteur, elle se remit à l'abri en se laissant lourdement basculer contre la porte qui, à cet instant précis, s'ouvrit et la fit perdre pied. Avant qu'elle ne s'aplatisse au sol, une paire de bras bien à propos se glissèrent sous les siens. Dans un état mélangé d'alarme et d'embarras, elle se releva d'un bon et prit en se retournant la distance nécessaire à ce qu'elle pensait devoir être une mise en joue. La lampe de la cour intérieure marquait les contours d'un homme grand, en manteau et chapeau melon. Le contre-jour dissimulait son visage à Sally qui, anticipant toutes les éventualités sordides des rues basses de Londres la nuit, brandit son sac à main, aussi menaçant qu'un tambour français face à un bataillon de Prussiens. L'homme resta impassible. Sally répéta sa menace par un geste sec et court.

— Dites-moi Miss Wood! fit l'homme que Sally reconnut, seriez-vous en procès avec les portes?

— Seulement quand vous êtes derrière, Peter Tomsburry! fit-elle baissant la garde et reprenant sa consistance.

— Je vous promets de frapper dorénavant!

— Évitez… même ça! Mon nez s'en souvient encore! dit-elle avec un léger sourire en se rajustant. Elle marqua une pause, s'approcha de lui. En entrant dans la lumière, sa peau claire et ses yeux pétillants reflétèrent la lueur de la cour sur le visage de Peter.

— Vous êtes venu? Merci, inspecteur! Sa voix et son regard exprimaient une gratitude si sincère que Tomsburry, pensant le cacher, en fut profondément ému. Il savoura cet instant de proximité, puis se ressaisit.

— Miss Wood, pourquoi ne pas être venu au poste ce matin et pourquoi ce rendez-vous ici? Convenez qu'il y a matière à suspicions. Sally ne disait rien. Autant vous le dire, j'ai de la sympathie pour vous et je vous crois honnête. Mais, comprenez que je suis en train d'enfreindre mon code d'intégrité et je n'aime pas ça. Alors, donnez-moi, maintenant, une bonne raison de ne pas faire mon métier comme je le devrais!

Tomsburry la regardait avec insistance, mais souhaitait au plus profond de son cœur que la femme mystérieuse et attirante qui était là devant lui ait une réponse satisfaisante à lui fournir.

Sally ne parla pas tout de suite. Face à cet inspecteur sérieux et compétent, à cet homme charmant et fiable qu'elle n'avait pas envie de décevoir, elle devait prouver qu'elle n'était ni coupable ni ridicule. Elle non plus, elle n'aimait pas ça.

— Inspecteur, montons à l'appartement du professeur. Je

voudrais que vous voyiez quelque chose! lui dit-elle en le regardant dans les yeux.

Stupéfait, intrigué, Tomsburry retint la demi-douzaine de questions qui lui vinrent instantanément à l'esprit, mais n'ajouta rien et accepta. Le mystère devenait intéressant.

L'inspecteur, en charge de l'affaire du professeur Philright, ouvrit la porte de l'appartement. Lui et les agents avaient déjà relevé tout ce qui pouvait l'être. Il était très curieux de savoir ce que Sally Wood, dame d'entretien à la police de Londres, pouvait bien lui apprendre de nouveau.

Sally entra la première. Elle marchait avec précaution le long du couloir encore dans la pénombre. Le salon était illuminé et laissait flâner sa lumière en dégradé sur le mince tapis rouge à motifs ocre qui partait de l'entrée. Une commode étroite flanquée d'un sobre miroir vertical meublait ce vestibule terne. Un cendrier rempli de mégots était la seule décoration sur le meuble. Sally sentit immédiatement les relents de cendres froides. L'inspecteur la vit faire une moue dégoutée.

— Pardon, dit-elle en désignant l'objet… les odeurs de fumée froide.

— Eh bien dites-moi, le commissariat n'est pas le meilleur endroit pour ça, non?

— Oui c'est vrai, mais il faut bien travailler. Et puis, j'aime ce commissariat, inspecteur! Elle tenta de percevoir l'effet de cette phrase sur l'inspecteur Tomsburry qui se contenta d'un sourire convenu.

Ils pénétrèrent dans le salon. L'appartement était atypique. Deux chambres et une cuisine de taille moyenne étaient réparties en étoile autour de la pièce centrale où ils se tenaient. Les fenêtres fermées depuis le début de l'enquête avaient gardé prisonnières les odeurs des vieux livres, mêlées aux relents de cuisine qu'on aurait dit indienne ou africaine. Les quatre portes étaient les seules surfaces verticales que les bibliothèques et les centaines d'ouvrages avaient épargnées. Les rideaux vermillon en velours épais semblaient les vigiles immobiles d'un sanctuaire interdit, temple du savoir, à l'évidence, saccagé sans que ses gardes soient intervenus.

Après une brève observation des lieux, Sally s'approcha de l'inspecteur qui marquait un début d'impatience.

— Bien, qu'avons-nous dans cette affaire? posa-t-elle pour remettre les choses dans leur contexte. La veille au soir, elle avait eu le temps de lire les principaux éléments du dossier.

— Pardon Miss Wood! coupa-t-il de plus en plus excédé par la lenteur de la révélation. Mais, sauf votre respect, et le mien vous est assuré, vous n'êtes ni compétente ni habilitée à traiter ce genre de dossier.

— Détrompez-vous mon cher inspecteur… et acceptez d'être surpris! dit-elle avec sérieux et confiance.

— D'ailleurs, vous n'êtes jamais venue ici! insista-t-il, sûr de ses paroles. Puis, dans le doute… n'est-ce pas Miss Wood? Il lui prit le bras, capta son regard et parla en séparant chaque mot. Dites-moi bien que vous n'êtes jamais venue ici, sur un lieu d'enquête scellé?

— Mais, c'est vous qui avez la clé, inspecteur! dit-elle avec une mauvaise foi dont il n'était pas dupe. Pour autant, si elle avait quelque chose à lui montrer qui pouvait en quoi que ce soit faire avancer cette affaire, il était preneur. Il discuterait de la méthode plus tard.

— Donc, reprit-elle, nous avons un professeur anglais de soixante-quatre ans, spécialiste des religions et civilisations anciennes, éminence internationale dans ses domaines de recherche, sans ennemi connu. Il disparaît voici quatre jours et selon sa logeuse, il était enfermé chez lui depuis plus d'une semaine. Je la cite : « *Il m'a dit qu'il ne voulait pas être dérangé, il travaillait sur un projet d'exception…* ». Cette même logeuse découvre, il y a quatre jours donc, en passant dans le couloir, la porte du professeur entr'ouverte. Elle frappe, demande si tout va bien. Sans réponse, elle entre et découvre l'appartement mis à sac, les lampes encore allumées et le professeur envolé.

— Ce dossier semble n'avoir plus aucun secret pour vous! dit Tomsburry sans doute aucun sur la façon dont Miss Wood avait acquis ces informations.

— Alors, reprit Sally, les kidnappeurs n'ont pas trouvé ce qu'ils cherchaient et ont enlevé le professeur pour le faire parler. Ou bien, ils ont trouvé, mais l'objet ne leur sert à rien sans une connaissance que seul le professeur Philright maîtrise. Ou peut-être encore, le saccage est-il une mise en scène organisée par le professeur lui-même? Tout en parlant, elle continuait de scruter un à un les rayonnages à moitié vidés de leur précieux contenu.

— Oui, bon, j'admire votre mémoire, votre capacité de synthèse et pourquoi pas, même vos hypothèses. Mais tout ça, je le sais déjà! dit l'inspecteur dans l'attente de cet élément nouveau qu'il n'aurait pas su voir. Dites-moi ce que vous savez! intima-t-il avec fermeté.

— Patience Peter! Sally se retourna vers l'inspecteur en faisant mine de s'excuser de cette soudaine familiarité qui lui avait échappée. Pardon! dit-elle en portant son index de la main droite sur sa lèvre inférieure, ce qu'elle faisait souvent quand elle réfléchissait.

— Je préfère « inspecteur » si vous n'y voyez pas d'inconvénient! dit-il sur un ton neutre. Elle acquiesça en fronçant les sourcils et en pinçant les lèvres en signe de contrition.

— Je ne pouvais pas vous revoir avant d'avoir de quoi me disculper! lui dit-elle avec cette sincérité qui le touchait tant. Elle prit un moment. Oui, je suis venue ici ce matin, personne ne m'a vue, je sais être très discrète… et quand on a grandi dans l'East End, une porte fermée est rarement un problème.

Son petit air coupable déglaça un peu l'inspecteur.

— Mais, je n'ai qu'une intuition… je n'ai rien trouvé! finit-elle par avouer.

Peter Tomsburry la considéra avec un sentiment de double déception. Il s'était corrompu pour rien et somme toute, ce joli minois l'avait mené en bateau.

— Ce que je ne comprends pas, c'est pourquoi vous avez volé ces informations? Pourquoi prendre un tel risque? dit-il sur le ton qu'il aurait voulu moins paternaliste.

Sally se sentait sans défense.

— Inspecteur Tomsburry, dit-elle avec un reste de conviction, je sais que je peux faire votre métier. C'est mon rêve depuis toute petite. J'aime la justice, j'aime que les gens soient en sécurité, j'aime que le bien l'emporte sur le mal et j'aime enquêter.

— Mais Miss Wood, vous savez bien que ces postes ne sont pas ouverts aux femmes et de toute manière qu'est-ce que je peux y faire, moi? dit-il démuni et un peu fatigué, il se faisait tard. De toute façon, vous vous y êtes très mal prise et je crains de devoir en référer au commissaire Perkins. Je n'ai pas d'autres choix… désolé!

Sally baissa les yeux qui commençaient à s'embrumer de désarroi.

— Pardon de vous avoir impliqué dans mon utopie! Vous ne m'avez jamais vue, mais moi, je vous voyais de loin quand vous terminiez votre travail. Je vous enviais tellement. Et puis, quand j'ai vu ce dossier sur votre bureau, je me suis dit que je pourrais peut-être… vous aider et, si nous nous retrouvions ici, chercher avec vous et vous montrer ce que dont je suis capable. Vous étiez le seul qui m'inspirait cette envie et cette confiance. Seulement, je n'ai pas réussi, je n'ai rien qui puisse vous être utile… pardonnez-moi!

L'inspecteur Tomsburry était touché par ce plaidoyer, mais dans sa fonction, il ne pouvait pas en tenir compte.

— Venez Sally! dit-il en lui tendant le bras.

— Sally? ... hh...! répondit-elle par un sourire brisé.

Il lui tint la porte. En le regardant, elle fit un pas vif, son pied heurta la table de travail du professeur.

— Ah Dieu du Ciel si tu existes... ah !

Alors que Sally se plaignait de la douleur, son pied dans une main, Tomsburry perçut soudain un cliquetis, un bruit étrange, mécanique.

— Chut, écoutez! fit-il en se penchant vers le bureau.

— Quoi... aïe!

— Taisez-vous donc! Son attention portée sur ce bruit inhabituel, il posa deux doigts sur la bouche de Sally pour la faire taire. Interloquée, Sally apprécia le contact puissant et doux de cet homme qui sentait bon.

— Mmmhhh... fit-elle en le regardant s'intéresser au meuble. Elle se tut et écouta aussi. Tomsburry ramena sa main et l'appliqua sur la partie du bureau d'où émanait le son. La vibration était palpable. Sally, oubliant son pied, appuya l'oreille sur le côté du meuble. Ils comprirent que quelque chose devait, allait se produire. Ils observèrent le bureau sous tous ses angles à la recherche d'un mouvement, d'une ouverture ou d'une fente même minuscule. Le bruit soudain stoppa net. Sally et l'inspecteur toujours à genoux autour du meuble se figèrent, la respiration suspendue. Ils se regardèrent tendus. Tomsburry fit un signe de tête indiquant qu'il fallait déguerpir. En une seconde, ils se rapprochèrent de la porte du salon, se mirent à l'abri dans le couloir et attendirent. À ce moment, un léger sifflement tinta à leurs oreilles. Ils se penchèrent avec la plus grande prudence. Sally accroupie sentait le souffle de Peter juste au-dessus d'elle. Malgré le danger potentiel de la situation, cet homme, qui allait pourtant l'emmener au commissariat, la rassurait. Elle aimait se sentir proche de lui.

— Regardez! dit Tomsburry alarmé, de la fumée!

Il la prit par les épaules, la tira avec force en arrière et tous deux se retrouvèrent à plat ventre, côte à côte sur le sol du vestibule. Tomsburry un bras protégeant Sally.

Ils étaient là immobiles depuis quelques secondes quand Sally attendant une action de l'inspecteur fit une remarque feutrée.

— Ça n'a pas l'air d'être une bombe! dit-elle sur un ton badin et jouant la peur. Vous êtes un homme d'action Peter Tomsburry! lui dit-elle admirative tout de même en se plongeant dans les yeux bleu acier de l'inspecteur.

Le suintement avait cessé. Un nuage clair se dilatait doucement dans l'espace et commençait à sortir du salon pour remplir le couloir.

— Un gaz! fit Sally, cette fois véritablement alertée. Elle huma brièvement et releva sa robe sur son visage et sur celui de Peter. C'est de l'éther, protégez-vous et serrez bien le tissu. Il faut ouvrir les fenêtres, sinon nous allons passer notre première nuit ensemble, je le crains! Ses yeux qui dépassaient de son masque improvisé, semblaient si coquins que Tomsburry répondit par un hochement de tête en forme d'admiration amusée pour cette surprenante créature.

En parfaite synchronisation, ils se relevèrent et allèrent ouvrir les fenêtres des deux chambres attenantes et celle de la cuisine. L'air frais balaya bien vite le danger.

— Merci Miss Wood, belle présence d'esprit! dit-il en lui rendant sa part de robe presque à regret.

— Inspecteur... si le bureau est protégé, est-ce que...?

— Sally! dit-il avec un air teinté d'excuses, moi c'est Peter!

Sans bouger, ils se regardèrent alors comme deux âmes trop longtemps séparées qui goûtent enfin cet autre bienfaisant qui leur manquait depuis si longtemps. Mais exprimer là, maintenant, ce qu'ils ressentaient, alors que le mystère leur ouvrait une voie d'exploration bénie, n'eut pas été suffisamment beau, suffisamment libre, n'eut pas été suffisant, voilà tout. Ils se contentèrent de sourire à cette complicité nouvelle.

— Oui Sally, vous avez peut-être trouvé ce que vous vouliez me montrer! dit-il en lui laissant déguster ce succès rédempteur.

Ils se précipitèrent autour du bureau, l'inspectèrent avec fébrilité. Leurs mains, leurs yeux, leurs oreilles en alerte générale captaient le moindre renflement, la plus petite faille dans le bois, les infimes différences de grain sous les doigts. Ils appuyaient pour faire bouger et grincer les pièces de vieux chêne patiné. Leurs phalanges recourbées en marteau cognaient pour déceler les espaces vides les plus enfouis dans la lourde structure. Mais le vénérable se défendait admirablement et l'excitation retombait avec les minutes bredouilles qui passaient.

Sally finit par s'assoir sur le plateau. Elle porta son index à sa lèvre. Peter se souvint de ce geste si gracieux. Il avait aimé son petit air faussement coupable quand elle avait prononcé son prénom par inadvertance. Il la voyait réfléchir et se demandait bien ce que cette fois, elle pourrait imaginer.

— Peter! finit-elle par dire son regard perdu dans le tapis. Un cambrioleur… le premier endroit qu'il cherche à piller dans une pièce comme celle-là, c'est ce bureau justement, n'est-ce pas?

— Oui, peut-être, mais pas forcément!

— Fouiller toute la bibliothèque d'abord, ferait trop de bruit, alerterait le voisinage. S'ils doivent le faire, ne le feront-ils pas en dernier, après avoir ouvert les meubles et soulevé les tapis?

— C'est probable, oui! dit Peter, curieux de savoir où elle voulait en venir.

— Donc, si le professeur a piégé ce qu'il estime pouvant être violé en premier… enfin par des professionnels, sourit-elle, on peut envisager qu'il cherchait à créer un leurre, soit que l'objet est ailleurs, soit qu'il fait croire à l'existence de l'objet.

— Qui chercherait une chose qui n'existe pas? dit-il dubitatif.

— Non Peter, la « chose » comme vous dite existe, mais ce n'est peut-être pas un objet.

Peter réfléchit.

— Le professeur lui-même? interrogea-t-il.

— Oui… et ce qu'il sait de la « chose », si j'ose dire!

Ils sourirent de cette évocation légèrement friponne.

— Mais Sally, j'y pense! dit-il en frottant son index sur ses lèvres et en prenant involontairement le pli de la jeune femme. Si le bureau avait été fouillé, il aurait déjà envoyé sa fumée…!

— Et à moins que le piège ne fonctionne plusieurs fois, cela veut dire… reprit Sally.

— Que ce bureau n'a pas été fouillé et que tout cela est une pure mise en scène, vous aviez raison! conclut Peter.

Ils se jetèrent sur le pauvre meuble et le secouèrent du plus qu'ils purent. Aucune fumée n'en sortit.

Alors qu'ils riaient de cette découverte, une porte grinça. Quelqu'un pénétrait dans l'appartement.

— Police! Ne bougez pas, mettez les mains sur la tête, nous sommes armés!

Trois agents en uniformes, avançaient pas par pas dans le vestibule.

— Pas de soucis messieurs! Inspecteur Peter Tomsburry du commissariat de Wood street, je suis en mission!

L'escouade déboucha dans le salon et le sergent MacCulum, de service ce soir-là, reconnut immédiatement l'inspecteur.

— Ah inspecteur… désolé de cette intrusion, mais la concierge nous a appelés en parlant de bruit et de fumée dans l'appartement du disparu, alors comme en plus, je savais que vous aviez rendez-vous ici, on est venu tout de suite.

Le sergent parlait à l'inspecteur et en voyant Sally, ne put retenir son étonnement.

— Très bien MacCulum, vous avez fait ce qu'il fallait! dit Peter en voyant le regard fixe du sergent sur Sally. Miss Sally Wood, dit-il à l'adresse du sergent, mais je crois que vous vous connaissez, n'est-ce pas… entre collègues?

— Oui, oui… bredouillèrent-ils tous les deux, confus, ne sachant comment réagir.

— Miss Wood est une parente éloignée du professeur Philright, j'ai pensé qu'elle pourrait nous éclairer dans cette affaire et nous avons magnifiquement progressé ce soir, n'est-ce pas Miss Wood?

Sally s'éclaircit la voix.

— Mmhh… oui P… inspecteur, oui absolument! se reprit-elle tentant de cacher son embarras.

— Merci Messieurs, ce sera tout pour ce soir, je fermerai les lieux! dit l'inspecteur.

Les agents les saluèrent, sortirent et rassurèrent la concierge inquiète qui était restée sur le palier.

— Merci Peter! Belle présence d'esprit! dit Sally en s'approchant de lui avec une expression de pleine gratitude dans ses grands yeux bruns.

Il fit un pas vers elle et arrangea délicatement une mèche de ses cheveux bousculés dans la bataille.

— Que cela reste encore entre nous Miss Wood…! dit-il conquis. Je crois bien que nous allons faire équipe désormais!

Sally prit un temps.

— Je vais y réfléchir, inspecteur! dit-elle en minaudant. Peter fronça les sourcils. Puis, elle l'envahit d'un sourire immense.

— Oh pardon, j'ai cru qu'il n'y avait plus personne et qu'ils avaient oublié la lumière! fit la concierge en entrant dans le salon, surprise de les voir si proches.

Sally et Peter se tournèrent vers elle.

— Oui… euh, nous partions justement, il est tard! fit Peter en tentant de faire bonne figure.

Elle regardait dans leur direction, mais ses yeux semblaient pointer au-delà.

— Ça, c'était pas là, hier! dit-elle en s'avançant.

Sally et Peter déjà près de la porte, se retournèrent.

— Pardon? fit l'inspecteur.

— Je dis que ça là, ce livre avec la rose dessus, c'était pas là hier! confirma-t-elle.

Ils s'approchèrent de l'objet, le considérèrent avec minutie. Sally le souleva et remarqua qu'il était étrangement léger pour un livre de cette taille. Elle fit un signe de tête à Peter.

— Quelqu'un est venu en l'absence de la police? demanda Peter en prenant la concierge par l'épaule pour la raccompagner.

— Non, j'ai vu personne. Mais je suis pas toujours là non plus vous savez.

— Merci chère Madame, on vous recontactera si nécessaire! dit Peter.

— Si j'avais que ça pour vivre, j'irais pas loin! marmotta-t-elle en quittant l'appartement.

Peter revint vers Sally.

— Peter, regardez!

Sally avait ouvert le livre qui était évidé et contenait une clé et un bout de papier sur lequel elle reconnut le signe étrange qu'elle avait vu dans le dossier de la police. Peter se souvint aussi de ce signe, mais qui ne lui disait rien du tout. Il se concentra sur le livre et comme à son habitude, Sally rangea le papier dans son corsage.

— Si quelqu'un l'a déposé après le saccage, ça ne peut être que le professeur ou peut-être un des amis! releva Sally.

— Sans doute, mais pourquoi?

— Pour qui? corrigea Sally.

— Que voulez-vous dire?

— La personne qui l'a mis là savait que vous reviendriez ici dans le cadre de l'enquête. Et que vous remarqueriez ce détail! dit Sally.

— Sauf que je ne l'ai pas remarqué! dit Peter qui trouva tout de même l'idée plausible.

— Maintenant! reprit Sally, est-ce à la police ou à vous personnellement qu'il s'adresse?

— Bien, ma foi…! hésita Peter.

— À vous Peter, ça crève les yeux! dit Sally fébrilement. S'il voulait que toute la police le sache, il l'aurait envoyé officiellement au commissariat… ne pensez-vous pas?

— Oui, c'est certain! répondit Peter toutefois encore dans l'expectative. Mais pourquoi moi? Je n'ai aucun lien direct ou indirect avec qui ou quoi que ce soit dans cette curieuse affaire.

— Le professeur connait peut-être vos parents et sait qui vous êtes! suggéra Sally.

— Je ne vois pas comment, je ne les ai pas connus. Ma mère est morte en me mettant au monde et personne n'a jamais su qui était mon père. J'ai été élevé par mon oncle Gus, le frère de ma mère, et sa femme Eva. Et ça m'étonnerait qu'ils aient un quelconque lien avec le professeur Philright? dit-il en fouillant ses souvenirs.

— Hum… moi aussi ma mère est morte à ma naissance! dit Sally émue par cette révélation.

— Oh, Sally! Peter la regarda avec un air de compassion mêlée d'étonnement.

— Mais mon père était là, c'est lui qui m'a élevée! dit-elle pensive. Le fait est que ces indices ont été mis là pour vous! reprit-elle revenant à l'affaire.

Ils observèrent à nouveau la clé. Elle n'avait rien de particulier. Petite et de forme courante, sa serrure pouvait se trouver sur n'importe quelle porte, boîte ou mille autres fermetures.

— Une caisse ou un casier peut-être! dit Sally le regard à fleur du métal pour y déceler le moindre élément. Regardez Peter, là... c'est très petit, c'est une lettre... non, deux lettres... c... c... et le chiffre... 12.

Peter prit la clé et scruta sa surface.

— Je n'en suis pas certain... mais ça vaudrait la peine d'essayer...!

— Quoi? dit Sally intriguée.

— ... C... c... peut-être la consigne de Charing Cross! dit Peter, une lumière dans les yeux, en regardant Sally.

5

À Southampton, le terminal de la Cunard foisonnait de cent métiers qui travaillaient dans un cahot si bien réglé pourtant qu'on aurait dit une chorégraphie savante orchestrée par une main invisible, tendue vers la mer et ses bateaux. Des centaines de gars bâtis comme les caisses qu'ils faisaient voler, vidaient, remplissaient, vidaient à nouveau, remplissaient encore le quai, puis les cales des navires qui venaient se dégorger, puis se charger le ventre de boîtes, de filets, de charbon et d'hommes et de femmes au tournant de leur vie. Les grues de fer entrecroisé picoraient sans relâche avec une adresse démoniaque la moindre miette de fret. Les effluves acres des moteurs bouillants suintants leur huile noire, enveloppaient le quai d'une brume lourde et sale. Les criées d'ordres ne couvraient pas la puissante rumeur de cette ruche nocturne que seule la rangée de réverbères différenciait d'un fond de mine du nord.

Engoncé dans l'eau grasse du terminal, le Queen Africa, un cargo mixte de trois cents tonneaux, se préparait à un nouveau périple vers sa terre d'origine. Glentork et Verso arrivèrent peu avant vingt-deux heures au pied du bateau noir. Glentork qui tentait toutes les aventures et qui voyageait le plus souvent observa le navire. Les tôles rivetées de la coque lui faisaient penser à celles de cet illustre héros des mers disparu trois ans et demi plus tôt dans les eaux glacées de l'Atlantique Nord. Il sourit d'avoir fait ce rapprochement idiot et rejoint les guichets d'embarquement. Le chargement des marchandises allait bientôt se terminer. L'aventurier, les formalités effectuées, marchait vers la passerelle quand il vit Verso disparaître derrière des caisses encore à quai, du côté de la poupe du Queen Africa. Il se souvint que l'homme devait contrôler la cargaison et ne lui prêta pas plus d'attention. Il monta à bord. Il n'avait pas lieu de s'inquiéter. Ce genre de livraisons étaient courantes pour le Soudan où la couronne d'Angleterre défendait ses intérêts. En 1915, c'était la France et les révoltes indépendantistes que l'Empire devait tenir sous contrôle. Dans cette conjoncture, il était très facile de tromper les employés des douanes quant à la réelle affectation du chargement. Glentork l'avait fait si souvent pour d'autres commanditaires. Certes, cette mission n'était pas des plus patriotes. Livrer des armes aux factions indigènes faisait se multiplier les affrontements, durer la guerre et tuait des Anglais. Mais Glentork, dans un élan d'humanité et de bonne conscience, se disait qu'il permettait aux opprimés, ceux à qui on volait leur pays, de se défendre. Pourtant, si cela devait se présenter, il convoierait les mêmes fournitures pour soutenir cette fois, ses héroïques compatriotes. Il faut bien que je gagne ma vie et puis c'est le sens éthique du monde des affaires, ni plus ni moins, pensait-il en atteignant sa cabine.

Rien de luxueux. Bien que l'espace fût restreint, Glentork, qui préférait l'aventure qui vous râpe le cuir plutôt que les voyages dorés en paquebot de luxe, se trouva satisfait de ce numéro 12 qui serait son chez-lui pour les prochains jours. Il ressortit pour aller prendre le nécessaire de ses bagages. De la coursive du pont supérieur, il pouvait voir que le quai s'était vidé. Quelques caisses semblaient abandonnées.

L'effervescence avait cédé la place à une certaine tranquillité à peine tranchée de conversations éparses et de bruits de pas qu'on pouvait entendre distinctement maintenant. Il approchait du local à valises qui se trouvait à côté d'un petit bar réservé aux passagers, lorsqu'il croisa Verso qui en sortait.

— Belle nuit pour ce départ! lui lança-t-il, en dépit du total désintérêt qu'il avait pour cet homme de paille taciturne et inquiétant.

Verso répondit par un regard si plat que l'Anglais se demanda s'il avait bien compris le sens de ses mots. « Rustre! » pensa-t-il. Il le regardait s'éloigner quand il remarqua dans l'éclairage jaune-rouge des fenêtres du bar qu'il portait dans une main ce qui devait être son bagage, masculin, en cuir brun et passablement mal traité. Mais dans l'autre, c'était une valise plus petite, d'assez belle facture. Les angles étaient arrondis et cerclés de délicates pièces de bois clair qui les protégeaient. La poignée blanche, une sorte d'ivoire peut-être, était fixée par des pièces de laiton finement rivetées. Il était évident qu'elle ne pouvait pas lui appartenir. Il décida de le suivre. En quelques pas arrondis, il gagna le contrefort de la grande cheminée que Verso venait de dépasser. À l'avantage d'un recoin sans lumière, il observa l'homme longer les hublots, puis tourner à droite dans la transversale. Glentork en profita pour avancer jusque-là. Il dut reprendre son naturel quand il croisa des hommes d'équipage pressés qui s'apprêtaient à la manœuvre d'appareillage. En reprenant sa filature, il emprunta le couloir d'accès aux cabines comme s'il regagnait la sienne. Mais Verso avait disparu. Sans doute par la porte numéro 3 qui venait de claquer en se refermant. Glentork s'approcha et tendit l'oreille en observant le couloir. Pour ne pas être surpris en flagrant délit d'indiscrétion, il s'agenouilla et fit semblant de lasser une de ses chaussures. Un parfum vif et floré planait dans l'atmosphère. Il y avait quelques femmes parmi les passagers. Une agréable surprise pour l'aventurier dont le charme avait souvent fait mouche sur les créatures de rêve et sans défense qu'il avait l'habitude de prendre pour cible. L'une ou l'autre avait dû libérer là ce bouquet suave. Il scruta le couloir. La Rose Ottomane! Il savait bien que cette fragrance lui avait déjà réjoui les sens. Mais celle-ci n'était pas de passage et l'air qui courait à travers les structures du navire ne semblait pas en venir à bout. Glentork resta concentré. Il entendait mal, mais il reconnut la voix étouffée de Verso.

— Non personne…! disait Verso,… oui, bien sûr… je ferai ce qu'il faut… bien.

Entre les mots de l'homme, l'Anglais percevait une voix atténuée et sans timbre. Il s'approcha encore, mais en entendant des bruits de pas, il se releva.

— Tout va bien, Monsieur? demanda une voix affirmée derrière lui.

— Ah Capitaine! Oui, très bien! fit-il en espérant que l'homme ne lui demandât pas son nom. Un lacet défait! souria-t-il pour donner le change. Quand partons-nous?

— Nous appareillons! Bonne nuit, Monsieur! dit le commandant en continuant son inspection.

— Bien, merci Capitaine!

Glentork s'empressa de quitter le couloir. Il retourna prendre le bagage qu'il était venu chercher quelques minutes plus tôt. Le bar était encore ouvert et il se dit qu'un dernier scotch ne lui ferait pas de mal.

Il était minuit, on donna l'ordre du départ. Les cordages géants soulevés de leurs amarres par deux hommes chaque fois se retireraient dans le ventre de la bête comme de longues pattes fines qu'elle aurait déployées à son arrivée pour s'accrocher à sa terre de repos. Les remorqueurs décollèrent l'immense bâtiment de son quai avec une délicatesse chirurgicale. Seule la sirène de la grande cheminée du Queen

Africa rompait le ronronnement des moteurs qui déjà se perdaient à l'autre bout de la rade, du côté de la pleine mer.

6

À vingt-trois heures trente, le hall principal de Charing Cross était pratiquement désert. Quelques talons fermes claquaient encore sur le dallage en envoyant des échos à répétitions dans l'espace vide et immense. L'inspecteur Tomsburry marchait à grands pas. Il savait où se trouvait la consigne et voulait redonner sa clé au casier numéro 12 sans attendre.

— Peter, attendez! fit Sally en le freinant par le bras et stoppant la course de l'inspecteur. Et si on nous avait suivis?

— Oh, je doute qu'à cette heure-ci..! Mais, vous avez peut-être raison, soyons tout de même prudents! répondit l'inspecteur sans trop de conviction.

Ils reprirent une allure normale et observèrent subrepticement les environs à la recherche de visages ou d'attitudes suspects. Au lieu de filer droit vers la consigne, ils firent quelques détours. Ils consultèrent avec un faux intérêt le tableau des petites annonces. Sally fouilla longuement dans son sac à main. Ils s'arrêtèrent pour parler chacun lorgnant par-dessus l'épaule de l'autre. Ils s'amusaient de ce petit jeu de pistes en songeant aux idiots de faction qu'ils semaient si aisément. Certains de ne pas être épiés, ils marchèrent enfin vers la consigne. Tomsburry introduit la clé dans la serrure et le casier s'ouvrit. Ils échangèrent un sourire de soulagement teinté d'une belle satisfaction. Sally impatiente engouffra la tête dans l'étroit compartiment.

— Peter, il y a une enveloppe!

Elle la prit, l'ouvrit, sortit la lettre qui était à l'intérieur, voulut la lire, mais sentant le regard de l'inspecteur, elle se ravisa et avec ses prunelles implorant le pardon, elle lui tendit la missive. L'inspecteur la déplia pendant que Sally inspectait à nouveau le casier en détail.

— Il n'y a rien d'autre! dit-elle.

— Sally, c'est stupéfiant, écoutez ça!

Voyant l'expression ébahie de Peter, elle se précipita pour lire avec lui. Il lut la lettre à voix basse.

Cher inspecteur Tomsburry,

J'espère que vous lirez cette lettre avant qu'il ne soit trop tard.

Si vous êtes là, c'est que j'ai eu raison de vous faire confiance et que vous avez dépisté ma petite mise en scène qui, vous allez le comprendre, était capitale.

Mes années de recherche m'ont amené à la découverte d'un document unique dans l'histoire de l'humanité. Un manuscrit qui a été rédigé par les Agaks. Un peuple technologiquement très avancé qui vivait il y a vingt-cinq mille ans dans une partie de l'actuel Sud Soudan et qui, par la destruction qu'avaient causée des extrémistes opposés à leur régence, avait dû partir à la découverte d'autres mondes habitables. Seuls quelques colons choisis pour leurs compétences particulières avaient pu embarquer. En partant, ils ont laissé un témoignage à ceux qui restaient, disant qu'ils reviendraient, qu'ils réinstalleraient l'harmonie en toute chose. Ce manuscrit est... le Testament d'Agakor dont voici la signature.

Sally sortit le papier de son corsage et le compara. Ils acquiescèrent d'un hochement de tête entendu. Puis, elle mit le signe dans l'enveloppe qu'elle posa machinalement dans le casier pour mieux se concentrer sur la lettre.

Vous vous en doutez inspecteur, lorsque nous présenterons ce document au public cela changera la face du monde. Les croyances, les comportements, le mal sous toutes ses formes auront moins d'emprise sur la population mondiale plus heureuse et plus en paix. Cela, vous l'imaginez, va à l'encontre de très gros trusts qui font leur argent sur la misère matérielle et psychologique des gens.

Un de ces funestes marionnettistes est un certain docteur Zachary Vilmor, officiellement mania du divertissement. Depuis qu'il a eu vent de mes recherches — il a des espions partout —, il cherche à s'emparer du Testament. S'il y parvenait, le monde serait privé de la plus grande révélation de tous les temps. Et Vilmor pourrait consolider son empire en asservissant des gens sans espoir qui pensent avoir besoin de ses divertissements pour supporter la vie. Ce qu'on sait moins, c'est que cet homme redoutable est également le créateur et chef de file des secrètes Légions de l'Apocalypse. Leur but est l'avilissement de la population par tous les moyens, de façon à ce que les gens trouvent leur contentement dans la consommation de produits et services que les nombreuses et tentaculaires sociétés à la solde de cette organisation fournissent et répandent tel un gaz lénifiant.

Ces dernières semaines, j'ai reçu des avertissements, des pressions pour que je révèle ce que je sais et l'endroit où se trouve le Testament. Ils m'ont dit qu'impliquer la police signerait mon arrêt de mort. Alors j'ai eu l'idée de me faire disparaître pour que Vilmor perde ma trace. Je savais que la police chercherait à me retrouver. Cependant, même si elle en découvrait l'existence, elle attacherait sans doute peu d'importance au Testament. Alors, j'ai pensé à vous. J'avais suivi la résolution brillante que vous aviez menée il y a trois ans dans l'affaire du vol du bracelet d'Hatchepsout à l'exposition de

Londres montée en hommage à Howard Carter. Pour réussir, il fallait un homme qui ne se fie pas aux apparences, qui sait aller au-delà des faits et sait tenir compte des croyances et des fanatismes. Vous êtes donc l'homme de la situation.

Sachez enfin que le Testament est en lieu sûr chez un éminent ami dont, vous le comprendrez, je ne peux révéler l'identité dans cette lettre. Au vu des pressantes menaces de Vilmor, nous avons décidé de présenter officiellement très bientôt le précieux document au regard du monde. Cela pourrait se faire en Egypte.

Je ne puis, pour l'heure, vous en dire plus. Je vous contacterai dès que possible. D'ici là, la police doit rester à l'écart. Seul, vous avez peut-être plus de chance de découvrir discrètement les agissements de Vilmor et de l'arrêter afin qu'il ne puisse empêcher la divulgation du Testament.

Avec mes plus profonds remerciements! Soyez très prudent.
Prof. Henry Philright
PS: Madame Shire, ma concierge, a été mon aimable complice. Je lui ai demandé de poser le livre sur ma table après la venue officielle de la police. Et sachant que vous étiez en charge de l'affaire et que vous reviendriez à mon appartement, de vous le faire remarquer. Mais, je vous l'assure, elle n'est au courant de rien d'autre. Pardon de vous avoir emmené à cette consigne. Mais, vous le comprenez, cette lettre y était plus en sécurité que chez moi.

Tomsburry leva les yeux vers Sally en restant interdit quelques secondes.

— Si ce Vilmor en veut au professeur, il parviendra à ses fins et ce n'est pas moi tout seul qui vais pourvoir faire quoi que ce soit! dit Tomsburry lucide et fataliste.

— Mais vous n'êtes pas seul, inspecteur! fit Sally un léger goût de miel sur ses mots.

— Oui, non, bien sûr Sally, mais..! bredouilla-t-il, cette affaire est trop grosse pour nous deux seuls. Je dois en parler au commissaire Perkins dès demain.

— Je comprends et je suis même assez d'accord avec vous,

mais pourrais-je participer au moins? C'est un peu grâce à moi si nous avons découvert la fausse disparition du professeur et maintenant cette lettre.

— Oui, c'est certain. Mais désolé, je ne peux pas faire autrement Sally. Rentrons! Nous aurons bien besoin de ces quelques heures de sommeil. Et je vous promets de parler de vous à Perkins, mais je ne peux vous promettre que cela! lui dit-il en posant ses mains qui se voulaient apaisantes sur les épaules de Sally.

Leurs regards ne se touchaient plus pourtant. Les légitimes convictions et les infranchissables conventions de Tomsburry s'arrêtaient à mi-chemin, là où commençaient la légitime déception et l'infranchissable amertume de Sally. Sans un autre mot, ils marchèrent vers la sortie, cette haute porte de verre maculé et de bois lourd au-delà de laquelle ils allaient se quitter.

7

— Très bien sergent! Merci pour ce rapport et allez me chercher Tomsburry, il a sûrement des choses à me dire! Et apportez-moi le dossier de cette femme de ménage, Sally Wood!

— Tout de suite commissaire!

Le commissaire Lewis Perkins, patron du poste de Wood street, était un ancien soldat de l'armée britannique en Inde. Son ventre rond qui tendait un gilet à carreaux bruns et filets bleus avait grandi depuis qu'il avait délaissé les terrains d'action pour la chaise de direction d'un commissariat. De ces temps héroïques, l'homme charpenté aux épaules larges, avait conservé la mythique moustache impériale. Elle habillait un visage solide et légèrement couperosé, coiffé d'une couronne de cheveux frisés poivre et sel. Lewis Perkins ne s'embarrassait pas d'états d'âme ou autres mièvreries déversées par les cœurs fragiles. Entier, il avait une réputation d'autorité, mais d'une parfaite probité dans l'exercice de ses fonctions. Sa grande taille en imposait, son sens de la justice et du devoir aussi.

— Commissaire, l'inspecteur n'est pas encore arrivé! annonça le sergent MacCulum en déposant le dossier de Sally sur le bureau de Perkins.

— Qu'est-ce qu'il fabrique? Bon, envoyez-le-moi dès qu'il arrive! dit Perkins un brin agacé. Curieux, lui qui est toujours si ponctuel! pensa-t-il.

Il ouvrit le document et se mit à lire à voix basse : « *Alors… Sally Wood… née le 16 avril 1889*, tiens, comme Charlie Chaplin… *dans l'East End*…. mmh la pauvre… *sa mère Mary Julia Wood, née Combell, morte en couche,…* la pauvre… *son père Graham J. Wood, écrivain réactionnaire, écrit contre la pauvreté pendant la Grande dépression,…* ah nous y voilà, une fille d'idéaliste révolutionnaire… *diplôme de l'école publique, mention "excellence"*… mmhh… *évaluation annuelle : employée ponctuelle, sérieuse, très appréciée.* » Mouais! Aucune trace de parenté même éloignée avec le professeur Philright… que venez-vous faire dans tout ça Miss Sally Wood?

— MacCulum! héla-t-il à travers les bureaux grouillants et embrumés de fumée de cigarette.

Le sergent revint d'un pas pressé.

— Sergent, trouvez-moi tout ce que vous pourrez sur cette Sally Wood et surtout sur sa famille, liens de parenté, relations, etc.! ordonna-t-il à voix basse. Tomsburry vous a bien dit qu'elle était une parente du professeur?

— Absolument! confirma le sergent!

— Et faites la recherche discrètement, je ne voudrais pas que les collègues soient au courant!

— Oui, très bien!

— Appelez d'abord la concierge du domicile de Philright et passez-la-moi!

— Tout de suite, commissaire!

Le commissaire Perkins avait confiance en ces hommes. Il savait que si Peter Tomsburry ne donnait pas de nouvelles, c'était pour une bonne raison, du moins l'espérait-il du fond du cœur.

Il ferma la porte de son bureau. Le téléphone sonna. Perkins prit le combiné espérant obtenir une information digne d'intérêt.

— Oui, Madame Shire, oui c'est le commissaire Perkins à l'appareil. Vous savez qui je suis n'est-ce pas ? Très bien. Dites-moi, hier soir, avez-vous vu partir l'inspecteur Tomsburry ?… Hum… oui c'est ça, une jeune femme avec lui… à vingt-trois heures ?… vous en êtes certaine ? … non pardon, bien sûr que je vous crois. Et euh… est-il possible que vous ayez entendu quelques mots, des bribes de conversation quand ils sont passés devant votre loge par exemple…. non évidemment non, je sais bien…. discrétion oui… dans mon métier aussi vous savez…. une gare, un casier…? Vous en êtes sûre… mais oui pardonnez-moi… je vous écoute… ils n'ont rien dit d'autre ? Je comprends… si, si, vous m'avez été très utile… je vous remercie… Madame Shire.

Le commissaire réévalua la situation. Partant de l'éventualité qu'il s'agisse bien de casiers de consigne, il devait envoyer des hommes dans chaque gare de Londres. Mais pour l'heure, avant de mobiliser ses forces vives déjà très occupées et de devoir les mettre au courant des bizarres agissements de leurs deux collègues — Sally Wood faisait tout de même partie du personnel de la police — il réfléchissait à une forme d'investigation plus discrète.

Le sergent MacCulum revenait déjà, il frappa à la porte vitrée, Perkins lui fit signe d'entrer.

— Commissaire, pour Miss Wood…

— Fermez la porte, sergent !

— … je n'ai rien trouvé de plus que ce qu'il y a dans son dossier personnel. Aucune trace d'elle nulle part ailleurs. J'ai cherché dans la famille du professeur Philright, il n'y a absolument aucun lien possible entre eux.

Le commissaire réfléchit un instant.

— Nous verrons cela plus tard ! Venez avec moi, nous partons pour la journée !

8

Un mince filet de lumière en mouvement agaçait les yeux clos de Peter. Il avait du mal à prendre conscience. Il se sentait lié, privé de ses mouvements comme dans ces mauvais rêves où faire le moindre geste semble impossible alors qu'au réveil, en nage, on se rend compte du combat héroïque que l'on a livré contre les forces obscures qui voulaient nous réduire au sépulcre. Il ouvrit enfin les paupières encore pesantes. Il ne dormait plus, mais son cœur se mit à cavaler quand il vit ses membres liés et à côté de lui, Sally tout aussi captive et encore inconsciente. Il n'arrivait pas à se calmer, à rassembler ses idées. Il ne se souvenait pas. Avec le mouvement du sol et de la lumière, il comprit qu'ils se trouvaient au fond d'un bateau. Il voulut crier, appeler à l'aide, mais se retint. Il ne voulait pas effrayer Sally et il se rendait compte que les seules personnes pouvant sans doute l'entendre étaient leurs ravisseurs; ils n'avaient pas pris la peine de les bâillonner. Il tenta de se mettre debout, mais ses poignets étaient attachés au pied du lit scellé au sol contre lequel ils étaient appuyés. Il réussit à se calmer et considéra un moment l'endroit pour faire un point de situation. D'après le faible tangage, les chocs avec la surface de l'eau, fréquents, mais amortis, et le bruit sourd du moteur ronflant à un régime soutenu, le bateau devait filer à bonne allure. Soit les malfaiteurs fuyaient, soit ils étaient pressés d'atteindre leur but, se dit Peter en reprenant ses esprits. Ses yeux habitués à la pénombre découvraient l'aménagement de la pièce. Ce n'était pas n'importe quelle embarcation. Les bois précieux et laqués des meubles au galbe parfait étaient équipés de poignées en or massif. Deux grands miroirs de style oriental d'une infinie perfection se faisaient face. Les rayons de soleil qui jouaient sur les vagues et traversaient les hublots offraient une féérie scintillante en badinant d'un miroir à l'autre. Au centre, un lustre aux formes d'aurore boréale en verre moucheté, teinté d'un ocre délicat, dominait avec majesté cet ensemble de tons chauds d'un luxe inouï.

Ballotée par les allures du yacht, Sally revenait à elle.

— Qu'est-ce qu'…? marmonna-t-elle en plissant ses yeux encore cotonneux.

Prisonnier chacun de son pied de lit, ils ne pouvaient guère s'approcher l'un de l'autre. Malgré la gravité de la situation, Peter ne put retenir un soupir amusé en voyant Sally s'éveiller comme une jolie princesse dans sa jolie insouciance.

— Sally! dit-il, scrutant une réaction.

— Hum… Peter? répondit-elle encore dans le vague et tentant de mouvoir sa langue lourde dans sa gorge sèche.

— Sally, nous sommes prisonniers, on nous a enlevés… réveillez-vous par pitié! reprit Peter qui commençait à se demander si le chloroforme allait avoir un effet permanent sur sa compagne d'infortune.

La jeune femme n'eut pas le temps de s'éveiller tout à fait que la porte s'ouvrit laissant entrevoir un long couloir faiblement éclairé. Un homme d'équipage svelte, énergique et froid, casquette noire en biais entra et vint vérifier les liens des deux captifs. Puis, il se releva et se posta à l'entrée.

— Eh bien, qu'avons-nous là? fit une voix pincée sur un ton supérieur et dédaigneux.

Un homme en costume écru taillé main, chemise vermillon et gilet noir se tenait dans le cadre de porte. On aurait dit qu'à ne pas entrer, il craignît une contamination; l'esprit fruste des classes inférieures, leur langage primitif et sait-on jamais, leurs poux. Il se tenait si droit qu'on aurait pu croire qu'un squelette métallique avait remplacé sa colonne vertébrale et tous ses os. Le col serré de sa chemise s'enfonçait dans le gras d'un cou trop court et surmonté d'une tête aplatie plus large que haute. Ses lèvres rouge sang et charnues lui donnaient un air de poupon maléfique que ses petits yeux jaunes sans sourcils teintaient d'épouvantes et d'un authentique cynisme. De son chapeau blanc à ruban noir et larges bords et autour de ses oreilles pâles, menues et sans lobes n'affleurait aucun signe de pilosité.

— Qui êtes-vous et que faisons-nous là? demanda Peter excédé.

Sally complètement éveillée pourtant mimait l'inconscience.

— Ah ah ah ! rit l'homme avec une expression de condescendance qui irrita Peter.

— Qui que vous soyez, vous venez de commettre une erreur! dit Peter investi de son pouvoir de représentant de la loi. Inspecteur Peter Tomsburry et Miss Sally Wood, consultante auprès de la Metropolitan Police de Londres! lança-t-il espérant un effet.

— Bouh, j'ai la frousse, mais ce qui me fait peur, voyez-vous, ce ne sont pas vos titres. Non, ce qui m'inquiète c'est de constater, une fois de plus, la parfaite incompétence de notre police.

Peter attendait la suite et Sally jouait encore son rôle de femme fragile. L'homme finit par s'approcher et se pencha un peu.

— Inspecteur, c'est vous qui avez commis une erreur… deux en fait! dit l'homme à voix basse comme pour que cela restât entre eux deux. La première, c'est d'avoir entraîné une obscure femme de ménage dans cette histoire. Et la seconde, c'est de ne pas avoir mesuré à qui vous pouviez avoir à faire.

Peter voyant que Sally avait les yeux clos se trouva soulagé qu'elle n'ait rien entendu.

— Depuis que le professeur a disparu, reprit l'homme au chapeau, je surveille tous les lieux qui le concernent de près ou de loin, dans lesquels il est susceptible de se rendre. Quand on m'a dit que vous étiez revenu de nuit à son appartement, j'ai senti la piste se réchauffer. Mes hommes ont sagement attendu et vous ont suivi à Charing Cross. Le casier ouvert, vous avez lu la lettre du professeur. Comprenez que je devais en connaître le contenu! dit-il dans un calme froid.

Les hommes de main avaient attendu que Peter et Sally sortent de la gare. Et à la faveur des rues vides et sombres les avaient interpellés au soporifique.

— Oui, je me souviens maintenant! dit Peter pensif.

L'homme en blanc sortit la lettre de sa poche.

— Et dire qu'il vous jugeait le meilleur! dit-il, la missive du professeur ouverte entre les mains.

L'inspecteur eut un mouvement de lèvres qui, chez beaucoup d'entre nous, signe les petites hontes.

— Ceci dit, quoi qu'il puisse se passer sur ce bateau, sachez bien, cher inspecteur, que ça n'a rien de personnel! reprit l'homme en se relevant et repliant la lettre.

Tomsburry le fixait avec un regard froid qui masquait sa peur.

— Bien mon cher! Tyler que voici va vous demander de dire tout, je dis bien, tout ce vous savez sur le professeur Philright et ses recherches auxquelles vous sembler tant vous intéresser. Si vous collaborez, votre mort sera instantanée, sans souffrances. En revanche, si vous refusez ou que vous me menez en bateau — oh, qu'elle est drôle celle-là! rit-il tout seul — ou que vous cherchiez à noyer le poisson — oah, irrésistible n'est-ce pas? — vous aurez le temps de regretter de vous être mis en travers de ma route.

— Nos tickets pour le paradis offerts par le diabolique Vilmor, voilà qui est cocasse! plaisanta Tomsburry dans une fausse légèreté.

Vilmor qui marchait déjà vers la sortie se retourna avec un rictus nerveux au coin droit des lèvres.

— Docteur Vilmor, je vous prie! assena-t-il pour corriger l'impertinent. Ça a été un plaisir de vous connaître.

Il fit un signe entendu à son sbire et s'en alla dédaigneux. Peter regarda Sally et jugea qu'après tout ça ne servait à rien de la réveiller. Tyler, s'approcha de Sally le dos tourné à Peter.

— Ne la touchez pas sale canaille! lança Tomsburry.

Tyler se retourna.

— Je ne fais que mon métier! dit-il dans un calme qui inquiéta encore plus l'inspecteur. Non, je m'occuperai d'elle plus tard! fit-il en revenant vers Peter. L'homme passa une sorte de gant profilé à sa main droite et l'ajusta à ses doigts devant le nez de Peter qui pouvait entendre le crissement du cuir et sentir son odeur animale.

— C'est simple! reprit Tyler, en chuchotant à l'oreille de l'inspecteur. Je pose les questions. Quand tu réponds correctement, on passe à la suivante. Quand tu te trompes, je te corrige jusqu'à ce que TU corriges. Compris?

— Si j'avais su, j'aurais révisé! dit Peter en voulant montrer qu'il ne céderait pas aux menaces.

En une demi-seconde, Tyler avait écrasé les parties lestées de son gant sur la pommette gauche de Peter qui vacilla en ayant instantanément du noir dans les yeux et en entendant craquer son os malaire sous la formidable violence du coup. De sa main nue, Tyler empoigna le visage de Tomsburry en pressant à l'endroit de l'impact.

— Tu vois mon gars... faut pas commencer comme ça! dit-il la hargne sur les lèvres. Il secoua légèrement l'inspecteur pour le remettre d'aplomb. Alors première question! commença-t-il dans le calme revenu en observant Peter souffrir. Qu'est-ce que tu sais sur le Testament? L'inspecteur ne parvenait plus à ouvrir l'œil gauche. La douleur lui donnait le souffle court et rauque.

— J'dois pas être bien beau à voir. Remarque, on est deux! dit-il en regardant fixement son bourreau de son œil encore valide.

— Soit t'es solide, soit t'es très con! dit Tyler en frappant sa main gantée dans l'autre et montrant cette fois ce qu'il s'apprêtait à faire.

Au moment où il prit son élan, un chandelier en argent massif atterrit sans prévenir sur sa calotte crânienne ne laissant aucune chance à ses élans barbares. L'homme de main s'affala sur le bois précieux du parquet, sa tête frappa le sol dans un bruit lourd.

— Sally? Mais comment avez-vous…? s'étonna Peter en montrant, avec ce qui lui restait d'expressivité, tout le soulagement qu'il ressentait.

— Quand on grandit dans l'East End, on apprend certaines astuces! dit Sally en retirant le reste de cordage qui lui avait lié les poignets. Les angles des pieds de lit sont assez effilés. Ah le misérable, il vous a bien arrangé! dit-elle en se penchant derrière Peter pour lui ôter ses liens. Faut dire que vous l'avez cherché un peu non ? Peter prit un air étonné et contrarié. Sally revint face à lui. Enfin… je veux dire que je vous ai trouvé héroïque. Un peu stupide, mais admirable. Et puis, merci de vous être inquiété pour moi! Peter sourit jusqu'à la douleur qui lui fit jaillir une larme.

Ils désarmèrent le malfrat, le bâillonnèrent et l'attachèrent sur le lit, un lien à chaque membre. Ils profitèrent de cette accalmie pour boire. Selon le calendrier posé sur le bureau, ils venaient de passer plusieurs jours en état d'inconscience entretenue par Vilmor. Il voulait les affaiblir en vue des interrogatoires. Il devait aussi s'assurer qu'ils ne puissent pas reconnaître la route empruntée.

— Peter, nous devons nous rendre maîtres de ce yacht, sinon nous n'aurons aucune chance de nous en tirer.

— Mais Sally, nous ne savons pas où nous sommes et à moins que ce soit encore de vos talents cachés, nous ne savons ni naviguer ni faire marcher un tel bateau! dit-il en tentant de remettre sa mâchoire en mouvement.

— Je n'ai pas dit que nous devions piloter nous-mêmes! répondit-elle avec malice et comme posant une devinette.

Elle alla à la porte et jeta un regard à travers le hublot. Le long couloir peu éclairé semblait désert.

— Venez Peter! lança-t-elle prête à agir.

— Sally, ne serait-il pas intéressant que nous discutions de ce que nous allons faire?

— Mais, c'est évident. Maintenant que nous avons un pistolet… oui enfin, que vous avez le pistolet, il nous faut prendre Vilmor en otage pour qu'il donne nos ordres à son équipage! expliqua-t-elle un peu contrariée de la lenteur de réflexion de Tomsbury. Mais elle lui pardonnait. « Le choc sans doute! » se dit-elle.

— Et j'imagine qu'on fait prisonniers tous les gars qu'on croise?

— Ceux qu'on pourra oui! Pour les autres, ce sera eux ou nous!

— Vous ne cessez de me surprendre Miss Wood! dit-il admirant le sang-froid et la détermination de cette femme incroyable.

— Ce que j'aimerais, c'est qu'on ne soit pas surpris nous… alors on y va? répondit-elle en souriant.

— On y va capitaine! dit Peter en vérifiant le chargeur de l'arme qu'il portait au poing.

9

Il était presque midi à la grande horloge de la gare de Charing Cross. Le commissaire Perkins et le sergent MacCulum avaient déjà ratissé Saint-Pancras, Waterloo et Victoria. Les agents des consignes leur avaient ouvert les casiers sans que rien de particulier n'ait suscité un quelconque intérêt. Les deux policiers pénétrèrent dans le hall bondé et bruyant à l'heure de pointe londonienne. Progresser dans cette jungle humaine plus impénétrable que les voies du Seigneur relevait de l'exploit. Et ne pas se perdre de vue revenait à tirer le billet gagnant de la loterie nationale. Après une âpre lutte pour la survie, quelques bleus aux bras et parfois à l'amour propre, ils arrivèrent à peu près ensemble dans l'angle nord-est juste avant la consigne.

— MacCulum! dit Perkins essoufflé et pas encore remis du combat, appelez le commissariat, ils auront peut-être eu des nouvelles de Tomsburry. Et rejoignez-moi ensuite à la consigne!

— Euh.. oui.. oui, j'y vais? dit le sergent entre deux grandes inspirations.

Après quelques pas, le commissaire qui avait longé l'aile nord, tourna à droite et se trouva en ligne avec l'interminable rangée de casiers. Il y avait encore de l'animation, mais le lieu était un peu à l'écart et préservé de la tempête.

— 9... 10... 11... 12... tiens?! murmura-t-il en se campant devant le compartiment. Contrairement à tous les autres, fermés qu'ils soient loués ou non, celui-ci était entr'ouvert et plus étrange, la clé sans médaillon se trouvait dans la serrure. Attiré par quelque chose qui se détachait dans l'obscurité du compartiment, Perkins y pencha la tête alors que le sergent revenait sans nouvelles de Tomsburry.

— MacCulum, regardez, une enveloppe! Il l'inspecta et retira le papier sur lequel il vit le signe étrange.

Qu'est-ce que c'est que ça? s'exclama-t-il, en le montrant au sergent.

— Permettez commissaire! Le sergent MacCulum ausculta la pièce de papier et l'enveloppe. Les frotta des doigts et les huma. Ça vient du bureau du professeur! C'est une enveloppe à lui. D'ailleurs, il y a cette même odeur de cuisine exotique épicée.

— Vous êtes sûr! fit Perkins surpris par le nez de son sergent.

— Et ça par contre...! Il respirait le petit papier. Pour le signe, je ne sais pas, mais je connais ce parfum! Le commissaire le regardait à la fois admiratif et un peu amusé. Je crois que c'est celui de.... de Miss Wood.

— Miss Wood? fit Perkins un brin taquin. Vous vous êtes approché de près dites-moi?

— Oh, mais non commissaire! fit MacCulum le visage soudain empourpré. C'est juste qu'il m'arrive de la croiser dans les bureaux quand je pars tard le soir, alors je sens bien… ça sent bon, vous ne trouvez pas commissaire!

Perkins n'enchaîna pas sur le sujet.

— Mais alors, ça veut peut-être dire que Tomsburry et Miss Wood sont sur la piste du professeur Philright ou même en contact avec lui? supposa le commissaire.

— Dans ce cas, ils nous en auraient parlé! dit le sergent sûr de l'intégrité de l'inspecteur.

— S'ils savent où se trouve le professeur et qu'ils ne nous le disent pas, c'est qu'ils ne peuvent pas! dit le commissaire. Soit qu'il y ait danger à prévenir la police, soit qu'ils aient été…

— Vous ne voulez pas dire…

— Non peut-être pas éliminés, du moins je l'espère! dit le commissaire assombri à cette éventualité.

— Seigneur Dieu! fit le sergent consterné. Commissaire! Ce signe, c'est notre seule piste.

— Il faut trouver ce que c'est! dit Perkins en brandissant le papier.

— Il faudrait un scientifique… un spécialiste des langues anciennes ou asiatiques! dit MacCulum.

Le commissaire prit un temps pour réfléchir.

— MacCulum, vous vous souvenez de l'affaire du vol du bracelet de cette reine d'Egypte… comment s'appelait-elle déjà?

— Ha… Hasoute… Habchou… hésita le sergent.

— Hatchepsout! confirma Perkins.

— L'inspecteur avait été incroyable dans cette enquête! dit MacCulum avec tristesse.

— Je crois me souvenir qu'il avait eu des informations par un type… un indien peut-être!

Tout en creusant leur mémoire, les deux policiers quittèrent l'agitation de la gare et regagnèrent le commissariat au pas de charge.

À peine rentrés, Perkins et le sergent compulsèrent les

documents de l'affaire du bracelet d'Hatchepsout. Ils examinèrent les rapports d'enquête, des interrogatoires et retrouvèrent le nom de leur source, un certain Yamir. Avec un peu de chance, son adresse était encore valable. Ils enfilèrent à nouveau leurs manteaux encore chauds, recoiffèrent casque et chapeau. La pluie de cette fin d'hiver lustrait les pavés de Wood street. Cette laque tombée en averse des nuages boudinés et gris plombait souvent le ciel londonien cette année-là.

10

Sally jeta un dernier coup d'œil au couloir toujours vide. Elle ouvrit la porte et se faufila jusqu'au départ d'une rampe d'escalier. Dans l'ombre vacillante projetée sur les marches par les arceaux du toit, Sally fit signe à Peter qu'il n'y avait personne en vue. Constatant qu'il peinait encore à y voir des deux yeux, elle lui proposa, en gestes explicites, de prendre le revolver. Mais Peter refusa. Si elle était surprise avec une arme, les hommes de Vilmor tireraient sans sommation.

Ils commencèrent à monter. Quand Sally eut les yeux à hauteur du pont, elle découvrit qu'il y avait encore un étage à partir de là. Peter la rejoignit. Ils comptèrent quatre hommes d'équipage reconnaissables à leurs pulls bleu foncé sur lequel était inscrit en grandes lettres APOCALIA. Silencieux, ils ne bougeaient pas de leur poste et regardaient vers la proue. Hormis le teck clair, toutes les structures, les montants, les coursives, et même les vitres étaient noir anthracite. Bien que le bateau avançait à grande vitesse, le moteur restait peu perceptible. Seul le vent puissant sifflait à leurs oreilles. C'était une sensation étrange. Le moteur à explosion qui peu à peu envahissait le quotidien londonien et remplaçait progressivement chevaux et vapeur était d'ordinaire bruyant et mal odorant. Mais la force sourde qui propulsait ce yacht était aussi discrète que puissante. Jamais ils n'avaient vu embarcation voguer à cette allure. Noire et sans bruits humains, cette vedette de trente mètres effilée comme le bec d'un pélican avait un air irréel et fantomatique. Y trouver Vilmor, de jour, sans être vu était impossible. Ils décidèrent de rebrousser chemin et retournèrent à leur cabine.

— Que ce soit pour nous ou ne voyant plus Tyler, ils vont revenir! dit Peter cherchant une parade à cette prochaine visite.

— Très bien! fit Sally dont la confiance apparente semblait presque naïve à Peter.

— En quoi est-ce que c'est bien, s'il vous plaît? s'étonna l'inspecteur.

— Si nous ne pouvons pas aller à Vilmor, laissons ce scélérat venir à nous! proposa Sally.

— Sauf qu'on aura d'abord les visites de ces soldats!

— Justement, reprit Sally dans un calme qui déconcerta Peter. Comme ils ne peuvent pas abandonner la conduite du bateau, ils viendront séparément ou au mieux à deux.

Il accepta l'éventualité, mais restait perplexe quant à la façon de neutraliser leurs ravisseurs. Bien que l'idée de tuer le rebutait, il était prêt à utiliser le revolver pour les sauver. Ne sachant toutefois pas combien d'hommes pouvaient venir les déloger, il craignait qu'après les premiers coups de feu, un assaut vengeur ne leur laisse aucune chance de survie. Sally partagea cette opinion et ils résolurent de trouver une méthode plus subtile.

Peter prit la tenue de Tyler toujours inconscient. Ils habillèrent le truand avec les vêtements et le chapeau melon de Peter. Puis, ils l'attachèrent au même pied de lit, celui auquel il avait été ligoté. Sally se remit à sa place tout en surveillant Tyler pour l'aider à se rendormir le cas échéant. Peter simula des bruits de coups et des plaintes de douleur.

Après quelques minutes, un homme d'équipage ouvrit la

porte. Peter lui tournait le dos en faisant mine de vouloir frapper le prisonnier.

— Eh Tyler! le patron veut savoir s'ils ont parlé! fit l'homme qui essayait de voir l'état dans lequel son collègue avait mis le détenu. Sally feignait l'inconscience et observait la scène. Peter ne parla pas. Sans se retourner et maintenant son regard sur Tyler, il fit un signe de la main à l'homme pour qu'il vienne le rejoindre.

— Si tu t'occupes pas de la fille, moi j'veux bien…! dit le malfrat en avançant vers Sally.

À peine était-il arrivé à côté de Peter que celui-ci lui brisa la mâchoire d'un puissant coup de coude porté à une vitesse fulgurante. Dans la même fraction de seconde et alors que l'homme s'affaissait, il enchaîna avec une clé de bras qui lui disloqua l'épaule et le coude. Puis accompagnant sa chute, Tomsburry appuya des deux mains sur sa tête qui s'aplatit au sol et l'assomma sans appel. Cela n'avait duré que deux secondes.

Sally resta immobile, stupéfaite devant cette chorégraphie de combat imparable qu'elle n'avait jamais vue auparavant. Des bagarres de costauds dans son quartier, il y en avait tous les jours ou presque. Mais ça, c'était surprenant, inconcevable, beau… c'était de l'art. Sally fixait Peter qui traînait l'homme jusque derrière le bar.

— Inspecteur Tomsburry! fit-elle ébaubie, le menton pantelant et les yeux brillants d'admiration.

— Désolé, je ne voulais pas le casser comme ça, mais il allait s'en prendre à vous… je n'ai pas réfléchi!

— Oh c'… c'est rien… c'est rien Peter! La jeune femme savait que ça n'était pas le moment. Mais elle aurait donné le restant de sa liberté pour oser embrasser cet homme mesuré, à la puissance discrète et pour se pelotonner dans ses bras solides et protecteurs.

— Bon, mais maintenant, va falloir trouver autre chose!

Leurs disparitions vont faire le tour de l'équipage! dit l'inspecteur en tendant l'arme du deuxième homme à Sally qui se relevait. Vous savez vous en servir?

Sally prit l'arme, fit le mouvement de charge, vérifia le chargeur, décocha le cran de sureté. Elle mit en joue une photo de Vilmor accrochée à la paroi.

— C'était quoi? fit-elle en visant.

— C'était quoi, quoi? répondit Peter en attachant l'homme derrière le bar.

— Vous savez, ces gestes de combat comme une danse!

— Oui euh… on apprend ça maintenant dans la police! répondit-il restant affairé à son ouvrage. Sally se contenta sans conviction de cette réponse trop courte à son goût. Surveillant toujours la porte, elle regardait aussi par un des hublots.

— Peter, je vois la côte! s'exclama-t-elle.

Tomsburry la rejoignit, jeta un premier regard, puis retourna fouiller la pièce à la recherche de jumelles.

— Par dieu, je crois que c'est l'Afrique du Nord! observa-t-il.

Sally lui prit les jumelles.

— Dieu du ciel, si tu existes! C'est même… attendez! C'est… Alexandrie… je reconnais… c'est la citadelle de Qaitbay!

— Vous connaissez l'Égypte? dit Peter, impressionné.

— Non, mais vous savez mon père était écrivain. Pour ces recherches, il avait beaucoup de livres et moi je lui en empruntais tout le temps. Ces écrits, c'était surtout politique, mais il savait rêver. Il avait commencé la rédaction d'un roman qui se passerait en partie en Égypte.

Son regard soudain luisant se perdit le long de cette bande de terre. Elle y voyait, marchant dans le sable des Pyramides, Graham J. Wood son père et s'envoler dans la poussière jaune les rêves d'un écrivain qu'elle aima et qui jamais ne voyagea.

— Il faut saisir l'occasion, ils vont sans doute ravitailler, à moins que ce ne soit le but du voyage! reprit Peter. Il faut nous cacher ailleurs, venez!

Ils sortirent et tentèrent le couloir qui comportait quatre portes de chaque côté et au fond, un escalier descendant qui devait donner accès à la cale et aux machines. Au pied des quelques marches, Peter essaya d'ouvrir la porte. Elle était verrouillée.

— Laissez-moi faire! dit Sally en sortant une épingle de ses cheveux. La serrure n'offrit aucune résistance. Peter lui adressa un regard admiratif et satisfait. Il voulut dire un mot, mais Sally le coupa.

— On doit apprendre plein de choses quand on ne grandit pas dans la ouate! dit-elle en plissant ses lèvres et fronçant les sourcils comme pour demander au policier Tomsburry de lui pardonner cette compétence ma fois peut répandue chez les gens « comme il faut ».

Refermant la porte derrière eux, ils la barricadèrent avec une chaîne trouvée là. Plus ou moins sécurisés, ils pénétrèrent dans un sas éclairé par deux appliques blafardes et duquel on entendait le moteur râler au gré de la résistance des hélices dans l'eau. Leurs pieds vibraient sur ce sol métallique contigu à la salle des machines. Un puissant relent d'huile chaude remplissait cet espace exigu et clos. Ils comprirent qu'ils ne tiendraient pas longtemps ici. Leurs yeux commençaient à mieux percevoir les choses et Sally s'avança vers la droite du compartiment moteur. Il y avait une sorte de coursive. Ils la suivirent avec la plus grande prudence surveillant toujours leurs arrières. En quelques mètres, ils parvinrent à une porte qui semblait faire partie de la coque elle-même. Ils tâtèrent les contours dessinés, mais rien d'apparent n'aurait pu permettre une éventuelle ouverture. De toute manière, une porte dans la coque d'un bateau n'avait pas beaucoup de sens. En se retournant, ils furent surpris de voir un canot à moteur de belle taille qui gisait là à fleur de sol, le nez orienté vers eux. C'était donc bien une porte.

Pendant qu'ils fouillaient partout, palpaient les parois, cherchaient fiévreusement le moyen de s'échapper, le bateau filait toujours à forte allure sur les flots lisses de cette côte égyptienne baignée d'un soleil qui ne les éclairait plus.

11

Le Queen Africa avançait à belle cadence plein sud sur un océan atlantique serein, gris-bleu et immense. Jonathan Glentork s'était rendu sur le pont passager. Il savourait l'air du grand large avant d'aller prendre son petit-déjeuner. Debout, une main sur la rambarde, il devinait, à des miles de là, les côtes de cette France qui saignait de sa Grande et sombre guerre. Bien que des siècles d'antagonismes le séparaient du peuple français, il aimait la France avec son Nord qui ressemblait à chez lui et son Sud, le seul au monde où le soleil avait un parfum de lavande. Et puis, il se souvenait, il avait dix-huit ans à 1900. Son père l'avait emmené à Paris. Jamais il n'oublierait la beauté des palais éphémères de cette impensable exposition. Elle s'était voulue universelle, mais tout y avait été particulier. Ses souvenirs de jeune homme étaient encore remplis de l'insouciance des foules heureuses et légères, de l'émotion chaude qui l'avait transporté à la vue de ces pays fiers se tenant la main pour se montrer sans écraser l'autre. Le long du Trocadéro, l'exotisme des édifices, les spectacles des colonies l'avaient marqué au point de faire de lui le voyageur qu'il était devenu. Sa mémoire lui parlait aussi de ces filles françaises qu'il côtoyait pour la première fois. Était-ce l'événement, le lieu, ce temps béni, il ne saurait le dire. Mais la fraîcheur de ces visages, la gaieté dans leur voix, les sourires qu'elles lançaient aux garçons en éveil, lui avait donné pour toujours une vibrante tendresse pour ce pays. Et aujourd'hui sur ce pont, le visage fouetté par le vent libre, savoir la belle France meurtrie par tant d'ignominies, se rendre compte que les promesses d'entente entre les nations qu'avaient laissé entrevoir l'admirable réunion de 1900 n'étaient qu'un sordide théâtre de carton pâte, le rendaient triste au plus profond de son cœur.

Sa peine était réelle, mais sa faim ne l'était pas moins. L'appel de bacon et du thé le sortirent de ses lourdes pensées. Une minute plus tard, il s'assit à une table de la salle à manger. D'autres voyageurs avaient quitté leurs cabines et arrivaient en lent défilé, les yeux encore à demi éteints.

Glentork brisait le haut d'une coquille d'œuf quand il aperçut une jeune femme brune d'une trentaine d'années, au regard plus alerte que ceux des autres. Elle était seule et ne parlait à personne. Elle portait une jupe de tweed vert sombre qui dessinait à merveille le creux de son dos et le galbe de ses hanches. En grand connaisseur des courbes et du charme féminins, Glentork, bien que parfaitement discret, observait le chemiser blanc à col haut dont les lignes verticales s'encourbaient en modelant des seins qu'il devinait intrépides et généreux. Il aima d'emblée cette ample chevelure noire en partie montée en chignon et dont quelques mèches lascives tombaient en pagaille sur les épaules délicates de cette femme trop seule et irrésistiblement attirante. Était-elle noble, riche, issue de la bourgeoise ou même des classes laborieuses? Elle semblait être tout à la fois. D'une élégante simplicité. Distinguée, mais par des gestes affirmés. Impériale, mais attentive. Jonathan sentait chez elle autant la maîtresse qui mène et dirige que celle qui se donne et vous perd un homme.

— Bonjour! fit Glentork à la jeune femme qui passait à côté de lui.

Elle ne parla pas, lui renvoyant le salut d'un simple mouvement de tête.

En se rasseyant, Jonathan fut pris d'une étrange sensation. N'était-ce qu'une coïncidence? Imaginait-il? La Rose Ottomane s'était emparée de sa table. La puissante fragrance remontait dans son imaginaire comme un fleuve en crue qui vient occuper le moindre recoin, le plus petit espace qu'on croyait inatteignable pourtant. Non, cette créature des dieux — en certaines circonstances il y croyait — ne pouvait pas avoir de relations avec un sinistre petit truand du genre de Verso! Non, c'était une autre femme la veille derrière cette porte. Et puis, se disait-il, il n'y a rien d'exceptionnel à ce que plusieurs femmes portent le même parfum.

Glentork, l'esprit perdu dans ses conjectures et le regard dans sa tasse de thé, releva la tête et vit Verso entrer dans la salle à manger. Comme la consigne était de ne pas être vu ensemble, il détourna les yeux. Verso ne prêta pas attention à l'Anglais et chercha une table libre.

En dépit de son analyse optimiste, Glentork brûlait de savoir si la belle passagère était en lien avec son fâcheux acolyte. Mais son professionnalisme lui intima de ne rien faire en public. Il trouverait bien le moyen de le savoir. Sa dernière gorgée d'Earl Grey avalée, l'Anglais se leva et se forçant à l'indifférence, quitta la salle sans se retourner.

Sur le pont, les rabattants emmenaient la fumée claire de sa Chesterfield danser à la poupe. Il prit son temps, un œil sur la porte, caressant l'espoir d'accoster en pirate la belle frégate blanche.

— Bonjour, cher Monsieur! lança un homme derrière lui. Glentork se retourna presque en sursaut tant cette voix forte l'avait extirpé brutalement de ses rêves de conquête. Il reconnut le capitaine.

— Je crois que votre lacet est encore défait! ajouta le commandant, un brin rieur.

— Capitaine! salua l'Anglais d'un signe de tête, dans un semblant de déférence et cachant sa gêne. Il s'agenouilla pour nouer son lacet quand il vit passer juste devant lui des bottines brunes, fines, d'une élégance ravageuse. Les pieds délicats semblaient léviter tant leurs mouvements étaient gracieux. Il vit s'éloigner les plus belles racines de la Rose Ottomane qu'il eut contemplées et avec elles, l'insaisissable parfum que la brise salée lui portait pour l'enivrer. L'aventurier sentait monter en lui une attirance jamais éprouvée pour une femme. Une envie d'être avec elle différente, plus inéluctable que toutes les autres fois où il se crut amoureux. Certes, il ne la connaissait pas. Mais le simple souvenir de son visage d'ange, de ses yeux doux et perçants à la fois, de sa démarche assurée, mais souple et si légère, de ses cheveux noirs et fougueux, l'obsédait déjà. Il devait lui parler, se présenter à elle. Et cette mission terminée, la retrouver pour l'aimer.

De sa table, à travers les larges verrières, Verso avait tout observé. Il ne fallait sous aucun prétexte que ces deux-là entrent en contact. C'était les ordres. Ni Glentork ni elle ne connaissaient le rapport de l'un et de l'autre avec le patron et il fallait que cela reste ainsi jusqu'à Port Soudan. De surveillance en manigances, tout au long du voyage, Verso réussit le tour de force de garder l'Anglais à bonne distance de cette femme. Le Queen Africa s'apprêtait à accoster à Port-Saïd pour quelques heures, le temps de l'équiper pour continuer son voyage jusqu'à sa destination : Port Soudan sur la côte est de l'Afrique.

12

L'Apocalia commença à ralentir. Terrés dans cette cale, Sally et l'inspecteur Tomsburry ne voyaient pas au-dehors. Mais ils se rendaient parfaitement compte de l'allure du bateau. Après quelques minutes, le moteur passa à son régime le plus bas, celui des manœuvres, pensa Tomsburry. Alors qu'ils cherchaient toujours le moyen d'ouvrir la porte et de s'enfuir, le moteur s'arrêta complètement laissant le bateau à la merci du roulis que les vagues courtes lui imprimaient. Ils n'étaient pas au port. Des bruits de pas précipités martelaient le pont au-dessus d'eux. Ils ne pouvaient comprendre les ordres aboyés, mais les mouvements agités et rapides des hommes de Vilmor n'avaient rien à voir avec un amarrage. Cela ne faisait aucun doute, ils les cherchaient, fouillaient le yacht et allaient arriver à la porte du sas. Peter se prépara à riposter pendant que Sally, fébrile, cherchait comme une forcenée le système d'ouverture. Elle ne voyait rien sur la porte elle-même et se dit que la commande pouvait venir de la passerelle. Ce qui leur retirait la plus petite chance de s'en sortir. Opiniâtre, elle continua à fouiller le canot. Dans la pénombre, elle glissa et se retrouva assise sur le siège du pilote. Les hommes d'assaut étaient parvenus à l'entrée du sas et avaient engagé la clé dans la serrure. Mais la chaîne placée par Tomsburry leur résistait. Ils frappèrent avec un objet lourd. Les chocs angoissants propageaient un bruit de ténèbres dans la cale.

— Vite Sally, ils arrivent! lança Peter observant l'entrée.
— Je ne vois toujours rien! fit Sally la panique aux lèvres. Ah, là, sur le tableau de bord... un poussoir! s'exclama-t-elle. Elle appuya la forme ronde caoutchoutée jusqu'au premier cran. Une lumière rouge, tournante placée juste au-dessus de la porte s'alluma. Une série de clics mécaniques muent par un circuit hydraulique dont les pompes venaient de se mettre en marche firent se décaler la porte vers l'intérieur.

— Bravo, Sally! dit l'inspecteur relâchant un instant sa surveillance.

Dans un bruit d'éclat et de fracture réverbéré par les parois d'acier, la porte du sas céda sous les coups. Les hommes s'égrenèrent à la manière des commandos. Armes aux poings, ils se couvraient les uns les autres en progressant le plus sûrement possible.

— N'avancez pas, nous sommes armés! avertit Tomsburry. Il voyait déjà apparaître les ombres au début de la coursive.

La porte latérale finissait de s'ouvrir, l'eau prévue pour le renflouement du canot entrait à un rythme bien trop lent. Sally enfonça le poussoir complètement. Le puissant moteur du canot démarra.

— Peter, montez! cria Sally.

Un coup de feu vint battre les oreilles de Sally qui se baissa machinalement.

— Peter, vite! fit-elle encore en complétant en deux secondes son apprentissage de l'engin. Mais elle reçut une plainte crispée en guise de réponse. Elle regarda dans la direction de Peter, il gisait au sol à un mètre d'elle. Il souffrait atrocement et du sang coulait sous son épaule gauche. Le commando approchait. Sally sortit son arme, tira à intervalles rapides et réguliers pour se couvrir. De sa main libre, elle agrippa le col de l'inspecteur et mettant toute la force de quelqu'un qui joue sa vie, sur le sol lustré et sombre de cette cale, elle le tira avec une énergie folle jusque dans le canot. Les balles sifflaient et venaient s'écraser en ricochet contre les structures du yacht dans un fracas épouvantable. Baissée, Sally répliquait tout en appuyant sur la manette de l'accélérateur. Le canot n'avançait pas. Le niveau d'eau continuait de monter, mais n'était pas suffisant. Les deux hommes de tête avançaient à pas mesurés en se protégeant derrière les arceaux de la coque. Sally tira et toucha celui de gauche qui s'effondra sur la coursive. L'autre se précipita en courant vers Sally en poussant un cri de rage. Elle pressa sur la détente, mais le chargeur était vide. Elle appuya encore une fois sur les gaz, ça ne répondait toujours pas. L'homme prit son élan pour sauter dans le canot quand un coup de feu cingla aux oreilles de Sally. L'assaillant s'écroula et glissa jusqu'au canot. Sa tête heurta la coque. Ses yeux déjà vitreux fixaient la jeune femme qui se détourna, horrifiée. Peter laissa retomber son arme qu'il avait gardée à la main et perdit connaissance. À cet instant, l'eau montée libéra les amarres automatiques. Sally appuya à fond sur le levier, le moteur rugit. Le canot s'extirpa du ventre de l'Apocalia sous le feu croisé des hommes restés sur le pont. Vilmor, le regard assassin, ne donnerait désormais plus aucune chance à ces deux gêneurs qui tuent ses hommes et défient son intelligence dans ses propres quartiers. Il héla un de ses lieutenants qui se pressa pour recevoir les ordres.

— Le Queen Africa est arrivé hier soir! Trouve Verso et ramenez-moi les prisonniers! Un Anglais blessé, ça ne doit pas passer inaperçu ici! dit-il sur un ton impératif et vengeur.

L'Apocalia amorça l'approche. En marche lente, il aborda bientôt son quai de ravitaillement pour quelques heures d'escale avant la suite du voyage vers Port Soudan.

13

Quelques gouttes de pluie éparses troublaient encore les flaques du macadam quand le commissaire Perkins et le sergent MacCulum frappèrent à la porte de Monsieur Yamir. Ils furent intrigués par l'inscription placée au mur, écrite en lettres capitales en dessous de la corde de cloche et qui devait signifier sa profession : SERVITEUR. Ils n'avaient jamais vu aucun employé de maison présenter au monde sa fonction avec une telle ostentation. Au second coup de sonnerie, un homme d'une trentaine d'années se présenta à la porte qu'il avait ouverte presque sans bruit.

— Bonjour, soyez les bienvenus Messieurs! dit l'homme au teint hâlé, aux cheveux noirs, denses, lisses et aux yeux noirs sans malice qui disaient avec sérénité, toute l'éducation et la finesse de cette Inde ancestrale, celle qui n'avait pas attendu l'Angleterre pour exister. « Entrez, je vous prie! »

Perkins et MacCulum pénétrèrent dans le hall de cette maison de quartier en pierres blanches plus haute que large, enserrée entre deux autres de même style. L'atmosphère était douce, colorée par le vitrail de la porte d'entrée jaune orangé mâtiné de bleu vert. Sur la commode en palissandre, les bois d'encens se consumaient en minces filets de fumée ondoyante comme le corps dansant d'une envoûtante égérie indienne.

Les deux enquêteurs se présentèrent.

— Que puis-je faire pour vous? dit l'hôte en les conduisant au salon et les invitant à s'asseoir.

— Eh bien Monsieur Yamir...! commença le commissaire.

— Yamir... il n'y a pas de monsieur... Yamir, s'il vous plaît! précisa l'Indien avec droiture, sans déférence particulière.

— Euh... oui... bien! bredouilla Perkins pour qui il était peu concevable d'appeler un inconnu par son prénom uniquement. Hormis, et il en ressentit une légère honte, quand il s'agissait de l'interrogatoire d'un suspect aux pieds nus. Nous sommes sur une enquête difficile! reprit-il.

— Elles sont courantes apparemment! fit Yamir se souvenant de l'affaire du bracelet.

— Bien trop hélas! confirma le commissaire. Oui, vous nous aviez été d'une aide inestimable dans l'affaire du bracelet d'Hatchpsout. Ce n'est pas le même cas de figure, mais nous nous sommes dit que vous pourriez peut-être connaître ceci. Il extirpa une enveloppe de sa poche intérieure, de laquelle il sortit le papier du signe mystérieux.

Le regard de Yamir se figea en une expression d'émerveillement et de gravité à la fois. Il resta un moment silencieux considérant le signe. Maintenant le bras tendu vers son hôte, Perkins regarda MacCulum d'un air interrogatif. Yamir porta son regard droit dans les yeux du commissaire.

— Bien que ce ne soit pas un secret, je crains que si je vous le dis, vos vies n'en soient à jamais affectées! dit Yamir émergeant de ses pensées. Mais, pardonnez-moi, puis-je savoir d'où vous le tenez?

— Vous comprendrez que le secret de l'enquête m'interdit de vous le révéler. Pour nos vies, nous assumerons! S'il vous plaît, dites-nous ce que vous savez! insista-t-il.

— Il s'agit de la transcription anglaise du logotype d'un document extrêmement ancien, on parle de vingt-cinq mille ans.

Les deux policiers se regardèrent, dubitatifs.

— Mais..!

— Attendez, commissaire! coupa Yamir. Il se leva et revint avec un crayon et une feuille de papier. Il reproduit le signe. Vous voyez, ici, le trait supérieur, horizontal et le trait qui descend, c'est la lettre T. Et cette partie à gauche est une forme de A. C'est un archéologue et philologue britannique qui l'a reproduit à partir, selon lui, de l'original qui est dans une langue bien évidemment inconnue. Et si ce signe-là est désormais accessible, le document original qui aurait été découvert par ce professeur reste de la plus haute confidentialité.

— Mais quel est ce document improbable? demanda MacCulum devançant le commissaire.

— Selon le professeur, ce serait... le Testament d'Agakor! répondit Yamir posément et sur un ton respectueux.

— Ce... Testament d'Agakor aurait plus de vingt-cinq mille ans? Mais ça n'a aucun sens. Si j'ai bonne mémoire, les premiers écrits connus datent d'à peu près cinq mille ans avant notre ère! dit Perkins avec un léger sourire.

— Selon les découvertes officielles actuelles peut-être, mais le professeur Philright maintient qu'il sera bientôt en mesure de présenter ce document au monde.

Les deux enquêteurs avaient commencé à se douter qu'il s'agissait du professeur Philright. Mais ce qu'ils les intéressaient maintenant, c'était cet homme apparemment honnête qui semblait très bien connaître les travaux du professeur.

— Vous connaissez donc le professeur Henry Philright? reprit le commissaire.

— Pas personnellement! Mais mon maître est très souvent en contact avec lui.

— Votre maître? fit le sergent avec étonnement, pensant qu'en dépit de l'inscription sur la plaque de l'entrée, leur hôte était le maître de cette maison.

— Oui, mon maître, le sage Adil Âbha. Les éminences du monde entier viennent lui demander conseil quand il s'agit de sujets comme celui-ci, qui touchent l'humanité tout entière et qui bien souvent nous dépassent.

— Que voulez-vous dire? demanda Perkins intrigué.

— Je ne sais pas grand-chose de plus, si ce n'est que le Testament d'Agakor aurait de quoi changer la face du monde et remettrait en question les fondements de notre civilisation. Mais je ne connais aucun détail quant à son contenu.

— Peut-être votre maître saurait-il nous éclairer? Nous devons lui parler.

— Je crains hélas que dans l'immédiat cela soit impossible.

— Monsieur Yamir…!

— Yamir… seulement Yamir, commissaire!

— Oui bon… écoutez Yamir, je vous remercie pour votre collaboration, mais je ne vous demande pas l'autorisation de lui parler. Je vous demande de nous introduire de suite auprès de lui. Des vies sont en jeu et le temps presse. Le professeur a disparu et deux de nos collègues à sa recherche également! insista le commissaire avec un regain d'autorité.

Yamir compatit.

— Messieurs, si vous souhaitez une entrevue avec le maître Adil Âbha, il vous recevra, mais pas avant plusieurs jours. Le temps pour vous de le rejoindre.

— Il n'est peut-être pas là, mais Londres n'est pas si vaste!

plaisanta MacCulum.

— Le raj britannique l'est bien plus, je le crains! corrigea Yamir. Le maître se trouve dans son ashram au pied du mont Arunachala… dans la province de Madras.

Les policiers échangèrent deux regards sombres et dépités.

— Nous n'avons pas le temps de nous rendre en Inde! dit Perkins confirmant l'évidence. Et puis, ce ne serait pas pour discuter des affaires du monde… juste quelques questions… peut-être sait-il où se trouve le professeur en ce moment!

— S'agissant du professeur Philright, je pense que, s'il sait quelque chose, il acceptera de vous répondre? dit Yamir.

— Je crains que le temps de faire le voyage, nous ne l'apprenions aussi et ce ne seront sans doute pas de bonnes nouvelles! fit le commissaire en manque de solutions.

— Suivez-moi, je vous prie! dit Yamir.

Les deux policiers se regardèrent intrigués par cette soudaine proposition.

Ils montèrent un escalier en bois lustré dont les marches émettaient à chaque pression un court grincement étouffé par le long tapis vert qui l'habillait au centre. Arrivé à l'étage, Yamir ouvrit la première porte de gauche et les invita à entrer. La pièce carrée de petite dimension semblait être une dépense reconvertie en bureau.

— Un télégraphe! s'exclama MacCulum qui se précipita sur la machine pour l'examiner.

Perkins adressa un regard interrogateur à leur hôte.

— Je vais télégraphier votre demande à mon maître. S'il est à l'ashram, il répond souvent dans l'heure même. Les deux policiers, médusés à l'idée qu'un poste de télégraphie ait pu être installé en rase campagne indienne, reprirent espoir. Yamir mit en marche le télégraphe et tapa le message dicté par le commissaire.

Police - Londres - Commissaire Perkins - Recherche Pr. Henry

Philright disparu - STOP -

À peine dix minutes plus tard, la machine se mit en mouvement. Le levier frappait nerveusement la bande papier que Yamir prit aussitôt en main.

Pr. Philright demande secret - STOP -

Perkins insista.

Pr. Philright et deux policiers - Danger de mort - STOP -

Après un temps qui sembla interminable, l'appareil crépita à nouveau.

Pr. Philright pas disparu - diversion - est au Caire - STOP et FIN

Le commissaire s'apprêtait à rédiger le message suivant quand Yamir l'interrompit.
— Désolé, commissaire, le maître a écrit « fin ».
— Mais, on ne sait rien de…! fit le commissaire comprenant, à l'attitude impassible de Yamir, que le maître Adil Âbha n'en dirait pas plus.
— Je vous raccompagne! invita Yamir.

14

Le canot approchait d'une ancienne jetée secondaire de Port-Saïd, Peter émergea dans un cri de douleur.

— Sally, je crois que je ne vais pas bien! dit-il, réveillé par la course, déjà proche de reperdre connaissance.

— Vous avez perdu beaucoup de sang, il faut qu'on trouve un médecin ou un hôpital! dit la jeune femme en terminant la manœuvre d'accostage.

— Pas un hôpital… ah… c'est là qu'ils chercheront en premier! répondit l'inspecteur au bord de l'évanouissement.

En cette fin d'après-midi étouffante, il n'y avait personne ou presque dans cette partie ancienne du port. Quelques charrettes de poissonniers abandonnées semblaient attendre, sans trop d'espoir, le retour d'un maître que la chaleur avait retiré de la lumière pour quelques heures.

Sally amarra l'embarcation au ponton de bois. Elle s'approcha de l'inspecteur et posa la main sur son front en sueur.

— Peter, je vais chercher de l'aide. Restez allongé sur le fond du canot, je ne serai pas longue.

Elle sauta sur la jetée et sans voir personne susceptible de pouvoir l'aider, elle résolut d'emprunter une charrette se disant qu'elle trouverait bien le moyen de tirer Peter hors du canot. Au moment de mettre son plan à exécution, elle aperçut un homme en costume clair qui déambulait nonchalamment, les mains dans les poches et les yeux en quête des merveilles de l'endroit. La lumière déclinait. Elle parait les murs en chaux de teintes orangées. Les ombres projetées s'étiraient lentement sur les dalles du vieux port. Sally remit son emprunt à plus tard et comme si elle-même se trouvait en villégiature, fit mine de s'intéresser à une sorte de monument. Une pierre des plus banales, mais c'est tout ce qu'elle trouva sur le chemin que semblait prendre l'étranger. Elle patienta en gardant l'homme dans le coin de l'œil. Quand Sally vit qu'il l'avait repérée, elle se mit à marcher près du monolithe et après en avoir fait le tour — elle l'avait calculé — elle tomba nez à nez avec l'homme en blanc.

— Bonsoir, Mademoiselle! dit l'homme en retirant son chapeau laissant supposer une bonne éducation. Parlez-vous anglais?

— Monsieur! répondit Sally en opinant discrètement et gardant une distance voulant suggérer une certaine noblesse. Je suis anglaise cher Monsieur et vous-même?

— Oh, oui, anglais également! répondit l'homme cherchant une suite de conversation. Mais Sally prit les devants.

— Voyage d'affaires? questionna-t-elle.

— Oui et non. Les affaires se sera pour plus tard! Là, je visite.

Pressée à la pensée de Peter souffrant, elle estima en savoir assez et que l'homme ne représentait pas de danger.

— Veuillez m'excuser, mais j'ai fort peu de temps hélas! dit Sally en s'approchant de lui.

— Oh pardonnez-moi, je ne vous dérange pas plus longtemps.

— Non, vous ne me dérangez pas, bien au contraire!

— Ah? dit-il prenant un air agréablement surpris.

— C'est-à-dire… en fait! Elle hésita et se rapprocha encore.

J'ai besoin d'aide et vite! confessa-t-elle enfin.

— Mais oui, bien sûr, de quoi s'agit-il Mademoiselle!

— Oh merci, Monsieur! Puis-je vous demander de me suivre?

Il accepta tout en restant sur ses gardes.

Sally l'emmena d'un pas alerte vers le canot. En chemin, elle réquisitionna une charrette. La nuit s'installait doucement et de modestes réverbères commençaient leur veille nocturne. Peter, inconscient, s'était recroquevillé sur le côté. Du quai, on aurait pu le croire mort.

— Seigneur! s'exclama l'homme! Mais qui est-ce? Que s'est-il passé?

— Permettez que je vous l'explique plus tard, il faut le sortir de là et trouver un médecin! dit Sally en descendant dans le canot.

— Il y a une infirmerie au port, je suis passé devant tout à l'heure! dit l'homme heureux d'avoir si vite trouvé la solution.

— Non, pas ici, pas d'infirmerie ou d'hôpital… il faudrait un docteur!

— Je vois… et un docteur plutôt discret j'imagine! enchaîna l'étranger en aidant Sally à soulever Peter.

— Il faudra poser la question dans la rue! dit Sally.

Ils parvinrent à la charrette, mais l'homme se ravisa.

— Ce n'est pas assez discret! Il faut qu'il marche, nous ferons semblant qu'il est ivre. Et pour le médecin, ne vous inquiétez pas, je sais où le trouver. Passez-lui mon veston, il faut cacher cette blessure!

Tout en habillant Peter tordu de douleur, Sally regardait l'inconnu avec admiration. Un homme qui comprend, qui accepte les risques, qui aide et qui de plus connaît la ville? Quelle incroyable aubaine! pensa-t-elle enjoignant à Peter de marcher du mieux qu'il put. Peter soutenu de chaque côté, le curieux équipage gagna le portique au bout du quai. Les rues de Port-Saïd s'étaient égayées. Les échoppes avaient rouvert, les femmes voilées déambulaient de leur porte au marché et du marché à leur maison. Les enfants piaillaient en poussant leurs jouets improvisés. Les marchands vantaient leurs étals. Ils embaumaient l'air d'odeurs puissantes ou de senteurs délicates. Ils charmaient les yeux d'un festival de couleurs chaudes. Dans cet exubérant tumulte, Sally, Peter et l'étranger étaient presque passés inaperçus.

Quittant les rues encombrées, ils parvinrent en moins de vingt minutes à une porte bleue sise dans une ruelle fréquentée par deux chiens errants et un petit groupe de gamins qui jouaient à la balle. L'homme frappa à la porte. Après une courte attente, un homme d'une soixantaine d'années ouvrit. L'Anglais lui parla en arabe. Sally n'en revenait pas. Ils entrèrent et sous l'attention délicate du vieil homme, ils installèrent Peter dans le fond, sur le lit qu'une simple tenture séparait du reste de l'unique pièce. Sur les conseils de l'Anglais, Sally paya le médecin et celui-ci commença immédiatement l'intervention en anesthésiant Peter.

— Votre ami est entre de bonnes mains croyez-moi! dit l'étranger. Il fait des miracles, j'en sais quelque chose! L'an dernier, avec mon équipe, je convoyais des tapis vers l'Angleterre. Au port, à peu près à l'endroit où nous nous sommes rencontrés, trois types masqués nous ont attaqués. Ils en voulaient à la marchandise. Nous nous sommes défendus. J'ai reçu un coup de lame qui m'a ouvert le bras. Un de mes gars m'a emmené ici. Dans le commerce international, on est parfois soumis de fortes pressions, vous savez! termina l'homme.

Sally l'avait écouté, mais gardait un regard inquiet sur Peter.

— Monsieur, je vous suis si reconnaissante. Je suis reconnaissante et intriguée aussi, je l'avoue. Un homme comme vous, ça ne se trouve pas au coin de la rue!

— C'est plus fréquent dans les ports! s'amusa-t-il.

— Je m'appelle Sally Wood et suis heureuse de vous connaître! dit-elle en lui tendant la main avec son sourire de nymphe fragile qui faisait tant de ravages chez les hommes.

— Jonathan Glentork, pour à jamais vous servir chère Miss Wood! dit-il sur un ton volontairement théâtral auquel Sally ne fut pas indifférente. Cela ne me regarde évidemment pas, reprit-il, mais si et seulement si vous souhaitez me le dire : que faites-vous seule dans ce pays avec un blessé et pardonnez-moi, manifestement en fuite?

— Eh bien, c'est une histoire très inattendue Mr Glentork.

— Je vous en prie, appelez-moi Jonathan!

— J'ai confiance en vous, mais je crains de ne pas pouvoir tout vous dire, sinon que nous avons été enlevés à Londres, séquestrés sur un bateau dont nous avons pu nous échapper sous les balles en arrivant ici à Port-Saïd.

— Mais les hommes qui vous détenaient vont vous chercher et dans ce pays tout se sait très rapidement. Ils vont surveiller les gares et les ports. Vous n'avez que très peu de chance de leur échapper.

— Je le sais bien Jonathan, mais il y a forcément un moyen, n'est-ce pas! dit-elle en le regardant et espérant une des solutions miracles dont cet homme semblait avoir le don.

— Attendre que ça se calme et dans une dizaine de jours reprendre un bateau pour l'Angleterre! dit Glentork, conscient que ces mots décevaient quelque peu la jeune femme.

— Je le ferai seulement si les soins de mon ami l'exigent! répondit-elle comme si elle reprenait la barre d'un esquif à la dérive. Mais s'il se remet, nous devons poursuivre notre mission.

— Quelle persévérance dites-moi! Ce doit être d'importance!

— Plus que vous ne l'imaginez, croyez-moi! assura Sally, retenant ce qu'elle voulait tant lui confier. Il faut que l'on puisse…! Elle hésita.

— Que vous puissiez quoi Miss Wood?

— Il faut absolument empêcher l'homme qui nous a kidnappés de quitter Port-Saïd! dit Sally le regard perdu dans sa recherche d'un moyen d'action.

Glentork la regardait impuissant. Il se leva et alla s'enquérir de l'état de la situation. Après quelques mots échangés en arabe, il revint vers Sally.

— Votre ami va s'en tirer, la balle est extraite. Miss Wood, je suis navré, mais je crains de ne pouvoir vous aider plus. Je suis contraint de vous quitter. Mon bateau appareille dans un peu plus d'une heure et je ne peux à aucun prix le manquer.

— Je comprends! dit Sally, malheureuse de perdre déjà cet allié inattendu et précieux. J'espère avoir un jour l'occasion de vous remercier à la hauteur de ce vous avez fait pour nous ce soir.

Elle se leva et prit des deux mains celles de l'Anglais. Dans une infinie reconnaissance, elle le regarda si intensément qu'il en fût troublé au point de se demander s'il était réellement tombé amoureux de la mystérieuse femme du Queen Africa et si cette Sally Wood ne serait pas apte à la remplacer. Avec cette pensée quelque peu déroutante, il prit congé et sortit dans le noir de la ruelle sablonneuse devenue déserte.

À deux rues du quai où était amarré le Queen Africa, il aperçut, dans la pénombre de l'éclairage public chancelant, deux hommes en pantalon et pull noirs qui semblaient chercher quelque chose. « Ce ne sont pas des locaux! » se dit-il. Ils questionnaient les passants restés à l'air frais relatif du soir. « Serait ce les hommes du kidnappeur? se demanda Glentork en se dissimulant derrière un muret. Il attendit pour connaître leur direction et partir dans un autre sens. En se rapprochant, ils interrogèrent un homme qui porta une lanterne à la hauteur de leurs visages. Glentork resta interloqué en reconnaissant un des hommes. Verso recherchait les fugitifs. L'Anglais ne mit pas longtemps à faire le lien. C'était son commanditaire, l'homme qui, à Charing Cross, s'était fait appeler "Docteur". Il était sans nul doute l'auteur du rapt. Et cet homme était là, à Port-Saïd. Il s'interrogea. Prendre la défense de Sally et trahir son dangereux client encourant une mort certaine? Honorer sa mission en sachant Sally perdue, qui plus est en travaillant pour son tortionnaire? Il avait trop peu de temps pour tout remettre en question. Il postula que cette femme énergique et intelligente saurait parfaitement échapper aux griffes de ses poursuivants et qu'à bien y réfléchir, il avait déjà fait son possible pour elle. Il devait embarquer. Tout en marchant, il se dit que si Vilmor en voulait tant à Sally et à son ami, ça ne pouvait être que pour un très gros intérêt. Et peut-être qu'en aidant Sally, il aurait sûrement une chance de se faire une part de ce mystérieux gâteau. En réprimant quelques onces traînantes de mauvaise conscience — il en avait l'habitude —, il se faufila jusqu'au navire à l'avantage des ombres que cette nuit de mystère rendait plus noires que d'ordinaire.

15

Le commissaire Perkins avait réuni ses hommes. Ils commençaient à se demander ce que faisait leur collègue Tomsburry si longtemps loin du poste. Le commissaire tenait avant tout à garder une équipe soudée. Il mit un terme aux rumeurs en leur faisant part de toute l'histoire.

— .... et comme le professeur et Vilmor sont en route pour Le Caire, il y a de fortes chances que, contre leur gré et dans l'impossibilité de nous contacter, Tomsburry et Miss Wood y soient aussi! termina-t-il dans la stupeur accablée et le désir de ses hommes d'en découdre.

— Commissaire! héla le plus jeune de ses limiers, s'ils ne communiquent pas, est-ce possible qu'ils aient été tu...

— NON! coupa Perkins dans un rugissement indiscutable.

Il donna ses ordres. Deux inspecteurs allaient réquisitionner le poste de télégraphie du commissariat et contacter toutes les représentations britanniques en Egypte, les autorités portuaires en priorité. Les deux hommes se relaieraient jour et nuit jusqu'à ce qu'ils reçoivent des réponses. Les autres enquêteurs laissèrent les affaires en cours et partirent interroger les employés des gares ferroviaires et maritimes avec les signalements du professeur, de Miss Wood et de l'inspecteur Tomsburry. Tant pis pour la discrétion, il fallait mettre toutes les forces dans la bataille et gérer aussi bien que possible les effets collatéraux. La presse s'empara de l'affaire et dès le lendemain on voyait les titres et entendait les petits vendeurs de journaux haranguer la foule : avec le pragmatique : « *Enlèvement du professeur Philright... un inspecteur et une nettoyeuse disparaissent* », le romanesque onirique : « *La tragique histoire d'une Cendrillon moderne et de son inspecteur disparu* », l'approximatif et romanesque noir : « *Un couple de détectives enlevé par des hommes de l'ombre* », le raccourci précipité : « *La police de Londres perd deux de ses meilleurs enquêteurs* ». Mettant de côté ses sentiments personnels, le commissaire considéra l'aide bien involontaire que cette presse en mal de sensations pouvait lui apporter. On appelait de toute la ville et même au-delà. On les avait vus, on en était certain, des dizaines d'appels de personnes les mieux intentionnées du monde. Mais il suffisait aux inspecteurs de préciser quelque peu le signalement des trois disparus, pour que le doute vienne aussitôt saper les certitudes des témoins qui finissaient tous par admettre leur confusion. Pendant ce temps, le commissaire Perkins et le sergent MacCulum investiguaient sur le docteur Zachary Vilmor.

— Salut, Crawland, c'est le commissaire Perkins! dit-il en appuyant le combiné sur son épaule gauche, un crayon dans l'autre main.

— Bonjour commissaire, sale affaire dites-moi!

— Ouais... dit sèchement Perkins. J'ai besoin que tu me rendes le service que tu me dois!

— Ouais ok, on sera quitte après ça! Vous pourrez me tuyauter sur votre enquête!

— On verra ça. Qu'est-ce que tu sais d'un certain Zachary Vilmor?

— Pourquoi? Il serait mêlé à ces disparitions?

— Tu sais quelque chose oui ou non! s'impatienta le

commissaire.

— Ben, deux, trois choses comme ça. Il est une des vingt fortunes mondiales qu'il a faite dans le spectacle, le divertissement et l'industrie aussi, je crois.

— Quoi d'autre?

— Il est propriétaire de casinos, salles de théâtre, de cinéma, de chaînes de radio et un grand nombre de journaux dont celui qui m'emploie entre autres. Il produit aussi des films qu'il diffuse dans son propre circuit de distribution. Personne ne le sait de manière sûre, mais il pourrait être à la tête de commerces internationaux plus ou moins légaux, genre armes, matériel de guerre… etc.

— On a cherché son adresse, mais on n'a rien trouvé, comme s'il n'existait pas! Une piste de ce côté-là? questionna Perkins.

— La rumeur dit qu'il habiterait sur un bateau, genre « capitaine Nemo »!

— Il doit bien être immatriculé quelque part ce bateau?

— Commissaire, il me semble que nos comptes sont équilibrés maintenant, n'est-ce pas? Je vous donne l'info du bateau, mais ça mérite bien un petit scoop, non?

— Crawland, deux membres de mon équipe sont en danger de mort peut-être. Tu n'as pas honte de jouer avec ça? Le téléphone resta muet un moment. Bon, très bien, fripouille de journaliste! reprit le commissaire qui n'avait guère le choix. Il semble que le professeur Philright et Vilmor soient en quête du même objectif, mais qu'il est impossible pour Vilmor de l'atteindre sans le savoir du professeur.

— On avance, mais d'un petit pouce! Que voulez-vous que je fasse de ça, cher commissaire?

— Je ne peux rien dévoiler de plus pour le moment, c'est une question de sécurité. Mais je te promets la primeur sur toute nouvelle information qu'il me sera possible de rendre publique.

— J'imagine que je dois me contenter de ça? Le combiné se fit à nouveau silencieux. Ok commissaire! Le bateau est immatriculé à Monaco et je crois me souvenir de son nom… l'Apo…, c'est ça l'Apocalia!

— Merci, Crawland, je te rappelle dès que j'ai du nouveau.

— Ce sera un plaisir, commissaire!

Perkins posa le téléphone et communiqua le nom du bateau à MacCulum en lui disant de transmettre l'information à Alexandrie, à Port-Saïd et à Damiette pour savoir si l'Apocalia était au port, s'il s'était annoncé ou si quelqu'un l'avait aperçu.

— Il faudrait peut-être aussi leur demander de recenser tous les navires venant d'Angleterre et se rendant au Soudan, que pensez-vous commissaire? suggéra le sergent avant de s'exécuter.

— Excellent MacCulum, faites-le!

Les télégraphistes transmirent et attendirent les réponses qui commencèrent à arriver d'interminables minutes plus tard.

Le commissariat entier exulta quand l'opérateur lut :

Apocalia amarré à Port-Saïd - STOP -

Ordre fût donné aux autorités portuaires égyptiennes d'empêcher tout déplacement du bateau. Perkins demanda qu'on délivre un mandat de perquisition. Après une nouvelle attente, la machine annonça :

Apocalia immunité diplomatique - STOP -

— Ah, c'est pas vrai! rugit le commissaire. Demandez qu'on surveille l'Apocalia. Je veux connaître tous les mouvements autour du yacht. À peine eût-il prononcé le dernier mot que la bande de papier s'agita à nouveau.

De Southampton vers Port-Soudan - cargo Qeen Africa amarré Port-Saïd - STOP et FIN

Le commissaire demanda et obtint cette fois, le mandat de perquisition. Dans les minutes qui suivirent, on lui confirma qu'une escouade mixte composée de quatre agents égyptiens et de deux délégués à la sécurité de la couronne britannique se mettait en route vers le port.

16

Les quais de Port-Saïd étaient encore en activité à vingt et une heures. Deux policiers égyptiens se placèrent discrètement aux abords de l'Apocalia. Deux autres accompagnaient les agents britanniques vers les passerelles du Queen Africa amarré à quelques centaines de mètres du yacht de Vilmor, de l'autre côté du port marchand, dans l'espace réservé aux navires de fort tonnage. L'agent Thirdy fit équipe avec l'agent Yassim. Ils se chargeraient d'inspecter le fret. Tandis que les agents Kirk et Nassor s'occuperaient des personnes à bord.

L'obscurité plombait lentement les machines de fer et les hommes à terre. Les docks du monde entier à la nuit tombée se voilent d'un air épaissi par les odeurs de fioul perdu, de vieille huile saturée, de cordages trempés et des sueurs des dockers luisant sous leurs camisoles de force. Dans la noirceur de l'image devenue monochrome, on aperçoit si on y prend garde, les points rougeoyants des mégots en équilibre collés entre les lèvres des hommes encrassés. Quand ils prennent un temps pour souffler et qu'ils aspirent à d'autres ports, d'autres quais d'où ils partiraient cette fois, leurs clopes poussées à l'incandescence et les bouffées libérées trahissent dans la nuit autant de peines que de courage de vivre.

Thirdy et Yassim franchirent la passerelle. Le capitaine les guida vers les cales où ils commencèrent leur inspection. Kirk et Nassor prirent un temps à quai pour observer les alentours. Ils s'étaient dit que, comme le bateau était là depuis plusieurs heures, le pied de la passerelle passager pouvait être un très bon endroit pour interpeler les voyageurs. L'idée n'était pas dénuée de sens, mais après vingt minutes sans aucun mouvement, les agents commencèrent à douter de son efficacité et comprirent qu'à cette heure-ci, qui plus est, à l'approche du départ, les passagers et l'équipage devaient en fin de compte se trouver à bord. Ils allaient s'engager sur la passerelle quand ils virent un homme en costume clair s'approcher à pas pressés.

— Bonsoir, Monsieur! dit l'agent Kirk à l'homme avant qu'il ne monte.

Jonathan Glentork était encore dans les émotions de son escapade salvatrice et du jeu de cache-cache avec les hommes de Vilmor. Il dissimula sa fébrilité et conserva son calme, certes feint, mais très convaincant face aux deux hommes qui le toisaient.

— Agent Kirk, sécurité britannique et voici l'agent Nassor de la police du Caire.

— Messieurs! répondit sobrement Glentork. Que se passe-t-il?

— Contrôle de routine! Puis-je voir vos papiers et titre d'embarquement s'il vous plaît? demanda Kirk.

Glentork lui tendit les documents. L'agent prit le passeport et donna le billet à vérifier à son collègue.

— Voyage d'agrément Monsieur? demanda Kirk en continuant d'ausculter la pièce d'identité.

— Oui tout à fait, Monsieur l'agent! répondit Glentork en tentant de conserver la jovialité d'un touriste.

— Vous aimez les voyages, je vois? constata l'agent en découvrant les multiples sceaux estampillés dans le passeport de l'Anglais.

— Oui en effet, c'est une vocation chez moi, vous savez! Ce n'est pas un délit j'espère! dit-il en riant lui-même de son trait d'humour pour se rendre un peu sot et amadouer ainsi les deux policiers.

— Ça dépend du genre de voyages, Monsieur Glentork! rétorqua Nassor sans se dérider et rendant les documents.

Glentork eût envie de lui demander ce qu'il entendait par là, mais il ne voulait pas provoquer la moindre suspicion et se contenta d'un grand rire dont il escomptait qu'il le rendit encore plus ridicule.

— Puis-je monter à bord? demanda l'Anglais avec un air de fausse soumission.

— Je vous en prie… et bon voyage, Monsieur! dit Kirk en partageant un sourire entendu avec Nassor. Le quai resté désert, ils suivirent Glentork sur la passerelle afin de continuer leur mission. Après quelques pas, Nassor leva le regard vers la coursive et observa quelque chose d'étrange dans le dos de l'Anglais.

— Agent Kirk! souffla-t-il discrètement. Regardez le veston du gars!

Kirk leva les yeux. Le contre-jour des lumières de pont lui fit cligner des yeux. Il porta sa main à la hauteur des sourcils pour mieux voir.

— Mais qu'est-ce que c'est? s'interrogea Kirk.

Ils pressèrent l'allure. Arrivés proches de Glentork qui atteignait déjà le pont, ils l'interpelèrent à nouveau.

— Monsieur Glentork, un moment s'il vous plaît! dit Kirk sur un ton plus péremptoire.

Glentork se retourna étonné et un brin agacé.

— Messieurs les agents, que puis-je encore pour vous! répondit-il masquant son irritation.

— Voulez-vous ôter votre veston, je vous prie?

— Quelle curieuse demande ma fois. Et puis-je savoir pourquoi?

— Il y a une étrange tache sous l'épaule gauche, vers l'arrière!

— Une tache? Mais en quoi une salissure pourrait-elle bien intéresser la police, dites-moi?

Quelques voyageurs regagnant leurs cabines, attirés par cette singulière conversation, observèrent la scène.

— S'il vous plaît Monsieur, ce ne sera pas long! ordonna Kirk cette fois sans équivoque.

L'Anglais s'exécuta et en ouvrant la veste tendue entre ses mains, fut horrifié de voir que c'était du sang. Le sang de cet homme qu'il avait secouru et dont il ne pouvait rien dire. Il pensa à Sally, à la confiance qu'elle lui avait témoignée.

— Oh ça? fit-il en continuant de jouer le riche idiot. J'avais complètement oublié. Tout à l'heure au marché, je me suis appuyé sur le mur d'une échoppe. Je ne l'ai vu que trop tard, on y avait tué des poulets. Du sang de poulet, voilà tout! J'espère que ça va partir! dit-il encore en essayant de nettoyer la tache.

Nassor se pencha à l'oreille de Kirk.

— Il se paie notre tête… du sang de poulet! souffla-t-il agacé par cet Anglais trop idiot pour être si riche ou l'inverse peut-être bien.

Kirk s'approcha et prit le veston dans ses mains. Il huma, palpa, l'amena à la lumière. Mais il ne pouvait infirmer les dires de l'Anglais. Il lui aurait fallu une analyse. Devait-il bloquer le départ du navire sur cette, somme toute, banale observation? Et puis, il y avait les cabines à contrôler, le personnel et les voyageurs à vérifier.

— Faites attention aux poulets dorénavant! lui dit Kirk en lui rendant sa veste dans un trait d'esprit qui amusa les spectateurs égayés par cette scène désopilante. Ils riaient tous, sauf la femme aux cheveux noirs, la mystérieuse au regard intense. Elle avait suivi la scène à la rambarde du pont supérieur, droite dans son galbe de tweed. Elle s'était rendu compte que cet Anglais n'était pas ce qu'il avait eu l'air d'être devant la police et qu'à l'évidence, il cachait quelque chose. Glentork riait avec les autres quand il se retourna pour rejoindre sa cabine. En levant les yeux, il la vit qui le regardait. Après un instant, elle s'éloigna se soustrayant à la vue de Glentork. Il se fit soudain sombre et triste. Il n'aimait pas l'idée qu'elle le vit niais et stupide. Il aurait voulu lui dire. Son acte héroïque pour des inconnus blessés et traqués, son abnégation et sa loyauté envers eux face à la police. Mais l'héroïsme véritable c'était peut-être ça : se taire, supporter le ridicule devant elle.

Arrivé à sa cabine, il se coucha en se demandant ce qui allait advenir de Miss Sally Wood. Il aurait tellement voulu la tirer d'affaire, la mettre à l'abri, savoir au moins que tout allait bien pour elle. Puis se sachant trop sensible au charme féminin qui, par un simple battement de cil, pouvait lui faire perdre toute objectivité, il s'attacha à prendre de la distance. Vilmor en avait après eux. Peut-être avait-il ses raisons? Peut-être sous cette face d'ange se cachait un démon qu'il n'avait pas su voir? Ce soir, il n'aurait pas de réponses. Rompu par cette étrange journée pesante d'émotions, il ferma les yeux. Le Queen Africa allait appareiller et l'emmener vers sa mission et son argent. Il calma son esprit, se fit une raison et s'endormit presque en paix.

17

À vingt-deux heures passées, le commissariat de Wood street reprenait son habit nocturne : ses bureaux vides, ses lumières oubliées, ce nuage de tabac dispersé que le petit matin viendrait nourrir à nouveau.

Au fil de la soirée, le commissaire Perkins avait renvoyé chez eux les inspecteurs dont la présence n'était plus nécessaire. Il préférait les revoir le lendemain en forme pour affronter une autre journée de recherches grevée des insupportables attentes. Les investigations à Londres ne donnaient rien. Aucun témoin, aucun signalement, aucun signe du professeur ou de leurs deux collègues. L'espoir de recevoir quelque chose de la perquisition du Queen Africa et de la surveillance à Port-Saïd était le dernier souffle auquel s'accrochaient encore le commissaire Perkins et le sergent MacCulum. C'était leur tour de garde. Ils étaient seuls maintenant dans ces locaux aux allures tristes de PC de campagne après la défaite. Dans cette proximité peu habituelle, les deux hommes fatigués laissèrent peu à peu le formel de côté.

— Café, Commissaire? demanda MacCulum sur un ton amical.

— Merci, MacCulum! répondit Perkins relisant sans fin les

rapports et les câbles du jour.

— A votre avis Commissaire, comment Miss Wood a-t-elle été mêlée à cette enquête?

— Je n'aime pas cette histoire, MacCulum! Je veux toujours croire qu'ils sont tous deux victimes de gens mal intentionnés. Mais entre nous, il n'est pas impossible qu'elle soit un agent infiltré de cette mafia pour éliminer le flic en charge de l'affaire!

— J'y avais pensé, Commisssaire! Eh bien, en voyant cette femme si charmante, on se dit que le diable voyage parfois en 1re.

Perkins fixa le sergent.

— Si c'est le cas, elle a pris un billet pour la potence. Soyez-en sûr!

MacCulum acquiesça d'une moue complice.

— Je vais me remettre au télégraphe. J'espère qu'on se trompe et qu'on aura de meilleures nouvelles!

— Moi aussi… moi aussi! dit Perkins le regard vague. Je vais tenter de me reposer un peu. Réveillez-moi si on reçoit quelque chose! termina-t-il en avalant une dernière gorgée de café noir.

L'allée centrale éteinte, ils leur restaient en s'endormant, un mince filet d'espoir qu'éclairaient deux petites veilleuses blêmes, menues lumières dans leur nuit d'angoisse sourde.

18

Minuit approchait. Le vieux médecin fatigué était assis sur la seule chaise à dossier qu'abritait la petite maison à la porte bleue. Ses mains éraillées tenaient un petit livre fripé. Il avait dû être tellement lu qu'il semblait implorer pitié et pardon d'avoir si peu résisté au temps. Mais l'homme bruni, aux traits creusés, qui s'endormait en soubresauts, le tenait comme un trésor à préserver, comme on porte un enfant chéri qui s'en va sans qu'on ne puisse rien faire. Sally le regardait avec tendresse. Lui non plus n'avait pas posé de questions. Il avait ouvert sa porte à deux étrangers et laissé sa pauvre couche à deux fugitifs, sans les juger, sans les connaître, au mépris des risques dont on voyait qu'il était parfaitement conscient. Enserrés dans sa courte barbe essaimée, ses yeux gris encore allumés malgré les ans semblaient abriter la mémoire d'une vie âpre qu'il ne regretterait pas. Il ne fumait pas lui. Mais Sally, assise sur le lit à côté de Peter endormi, adossée au mur de chaux dans la pénombre bleue de cette nuit calme, revoyait son père désabusé, rebelle, posé dans sa fumée au bout de la table de la cuisine. Il lui manquait, ce vieux fou d'écrivain. Voyant Peter paisible, Sally se leva et vint auprès du médecin. Il s'était assoupi. Elle lui retira délicatement le livre des mains, le posa sur la table. Avec reconnaissance, elle couvrit le vieux docteur du plaid abîmé comme lui qu'il gardait sur son lit. Elle songea un instant à Jonathan. Elle l'imaginait le bras entaillé, être soigné par ce vieillard endormi. Il n'avait sans doute pas posé de questions non plus. « Pas de questions, pas de réponses! » se dit-elle en s'allongeant à côté de Peter. Elle ferma les yeux sur la foule de mystères et d'inconnues de la vie que jamais elle ne résoudrait. Cette pensée appuya fort sur sa fatigue déjà si lourde. Un moment, elle écouta la respiration de ce compagnon d'aventure. Elle n'avait pas eu d'homme endormi à côté d'elle depuis très, trop longtemps. Lasse, elle dégusta ce moment furtif évanoui en quelques secondes dans ses rêves qui l'emportaient.

La nuit enveloppait encore la ville quand l'inspecteur Tomsburry se réveilla, l'épaule endolorie et un chatouillement insistant dans l'oreille que, dans son demi-sommeil, il prit pour un insecte avide de sang anglais. Il porta sa main à l'endroit de l'intrus et eut une sensation suffisamment étrange pour que cela le réveillât tout à fait. Dans le noir, il fit un brusque mouvement de côté. Il avait palpé des poils. Pensant immédiatement à un animal, il voulut le chasser en frappant sans ménagement l'indésirable.

— Aïe! Ouille, mais qu'…, qu'est-ce qu'y a?! fit Sally groggy par le coup et le sommeil qui l'étreignait encore.

— Oh, mais? C'est vous Sally? interrogea Peter confus.

— Non, c'est Sarah Bernhardt! Bien sûr que c'est moi. Qui d'autre se serait couché à côté de vous? dit Sally en tâtant sa tête et émergeant de son somme trop court.

— Pardon, pardon… mais vos cheveux dans mon oreille, j'ai cru que c'était une bête! dit Peter désolé de la frappe, mais pas déçu de la situation. Avec ma blessure, je n'aurais pas pensé que vous seriez allongée auprès de moi… dans le même lit!

— J'ai appelé le room service, mais ils n'ont pas d'autres

lits à disposition! sourit-elle. C'était bien agréable, c'est vrai! Du moins, jusqu'à ce qu'un tronc prenne le chemin de mon crâne, aïe! Sally alluma la petite bougie blanche qui servait de lampe de chevet. Elle porta la lueur vers Peter qui s'était assis, adossé à la tête du lit.

— Vous, ça va mieux on dirait?

— Oui, grâce à vous Sally! Vous êtes décidément une femme stupéfiante!

Sally reçut le compliment à sa juste valeur. D'ordinaire, elle aurait, comme à peu près tout le monde, minimisé l'éloge : « Je n'ai fait que mon devoir » ou « C'est normal, je vous en prie » ou encore « Arrêtez vous allez me faire rougir ». Mais Sally Wood exécrait cette forme de fausse modestie. Et, non le moindre des arguments, elle souhaitait que Peter s'en souvienne lorsqu'ils rentreraient en Angleterre. Elle aurait bien besoin de ce genre de témoignage pour rallier à sa cause les politiques et toute la hiérarchie exclusivement masculine de la Metropolitan Police de Londres.

— Oui, j'ai eu très peur! dit-elle simplement. Heureusement que Mr Glentork passait par là! Mais pour ne rien vous cacher, mon inquiétude est toujours là. Peter considéra la situation et en fit le récapitulatif à mi-voix.

— Le bateau, l'Apocalia, Vilmor, le Testament, la fuite, le port… Glentork?! Il tourna le regard vers Sally. Qui est ce Glentork? Vous lui avez parlé? Et où est-il maintenant? dit-il sentant monter ses craintes.

— Nous avons juste fait connaissance. Je n'ai rien dit de notre situation. D'ailleurs, il n'a pas posé de questions. C'est un chic type. Il a dû repartir. À l'heure qu'il est son bateau a dû quitter Port-Saïd! dit Sally se souvenant de leurs adieux.

— C'est ce qu'il vous a dit! Peter la fixait.

— Euh… oui!

— C'est peut-être un gars bien, mais peut-être pas!

Sally, se courrouça de tant de suspicion et d'ingratitude.

— Bon sang inspecteur! dit-elle vertement. Peter fut refroidi en l'entendant l'appeler inspecteur à nouveau! Cet homme nous a mis à l'abri, il n'avait pas à prendre un tel risque. Cet homme vous a sauvé la vie, inspecteur Tomsburry!

En dépit de ce plaidoyer, Peter ne lâchait pas sa méfiance à l'égard de cet aventurier dont ils ne savaient rien. Mais il n'aimait pas cette brisure entre eux.

— Sally, comprenez-moi bien! Je suis le premier heureux que nous soyons saufs. Mais malgré la reconnaissance que je ressens pour ce qu'il a fait, je ne peux m'empêcher aussi de penser que dans la mesure où Vilmor nous veut vivants...!

Il n'eut pas besoin de terminer sa phrase. Sally comprit aussitôt.

— Mais... vous avez peut-être raison! conclut-elle abasourdie de ne pas y avoir pensé. Quelle idiote, quelle sotte je suis! Pardon de m'être emportée, Peter!

— Ceci dit! reprit Peter, comme il va bientôt faire jour et que personne n'est encore venu, il est aussi possible qu'il ait été de bonne foi. Mais ne prenons aucun risque, il nous faut trouver immédiatement un autre endroit où nous cacher.

Ils réfléchirent chacun de leur côté.

— Nous sommes trop loin du Caire... le meilleur endroit serait la représentation britannique ici à Port-Saïd, mais elle doit déjà être sous l'œil des sbires de Vilmor! dit Sally pensive.

Peter se leva et fit quelques pas. Il but un peu d'eau. La douleur dans l'épaule persistait, mais il se sentait déjà mieux. Tout en cogitant, son regard butait dans les murs et le modeste mobilier du docteur. Il s'arrêta sur le semblant de penderie où étaient accrochées trois djellabas.

— Oui Sally, c'est ça! C'est risqué, mais je crois que nous n'avons pas d'autres choix.

Sally attendait sa solution. Il prit une des tenues et la lui tendit.

— Vous n'y pensez pas! fit-elle en voyant cet habit d'homme. Personne ne sera dupe!

— Pas si vous marchez comme un homme ma chère! dit-il en passant tant bien que mal avec son seul bras valide le second habit qui lui alla parfaitement. Résignée, Sally enfila l'austère djellaba marron.

— C'est sûr qu'avec ça sur le dos, je ne ressemble plus beaucoup à une femme! signala-t-elle à Peter.

Pour une fois, il était heureux de ne pas voir les gracieux contours de ses jolies formes féminines. Il prit encore un tissu blanc suspendu parmi d'autres.

— Tenez! Faites-moi mon turban s'il vous plaît!

— Mais, je n'ai…. oui, je vais essayer!

Peter s'assit sur le rebord du lit. Sally s'approcha debout devant lui et commença la manœuvre. Elle ne savait rien de la façon de nouer un turban et au troisième écroulement de la meringue, ils se regardèrent dans un sentiment vague entre rires et exaspération que la tension du danger et la fatigue latente exacerbaient encore.

— Sally! dit Peter qui se voulait rassurant, nous devons trouver les instances britanniques, dès que possible. Il lui tendit à nouveau le bout du tissu. Vous pouvez le faire, vous avez déjà tellement fait.

Il lui prit la main et de son regard bleu acier qui avait tant ému la jeune femme, il lui transmit toute la reconnaissance, l'espoir et l'amour qu'il nourrissait pour elle depuis leur première rencontre sous le portique du commissariat de Wood street, un soir de pluie. Sally replongea un instant dans ces yeux azur qui lui avaient ouvert la porte de son rêve et de son cœur aussi. Elle laissa le tissu écru s'affaler. Ses mains effleuraient les cheveux de Peter. Interdit, il l'amena vers lui. Elle fit un petit pas. Les yeux levés vers elle, il admirait, entre ses seins que l'habit ne cachait pas assez, le visage tendrement penché sur lui de cette femme belle et courageuse dont il se sentait à la fois frère, ami et fou de désir. Elle reprit un bout de l'étoffe revêche comme pour justifier de rapprocher ses mains du visage de Peter. Il avait envie de la serrer contre lui, de poser sa joue contre son ventre, de sentir sa poitrine lui caresser les lèvres, de monter jusqu'aux siennes, de les goûter et d'y déposer une pluie de baisers signe d'un amour enfin partagé, enfin déclaré. Sally sentait son cœur frapper à grands coups sous son sein qu'elle voulait lui offrir, sous sa peau qui appelait la bouche de cet homme sensible, à la force cachée surprenante. Là, dans cette petite maison d'un vieux docteur égyptien, dans la chaleur de ce coin d'Afrique, à mille lieues de sa petite vie grise, elle la voulait son aventure au soleil. Elle le voulait pour elle cet amour des sables. Elle le désirait ce corps d'homme suant de puissance contre le sien perlé de plaisir. Elle remonta sa main vers les cheveux de Peter le ruban toujours entre ses doigts. Elle approcha sa bouche de la sienne et commença à enrouler le tissu autour de sa tête comme pour le faire prisonnier de son jeu. Peter passa sa main valide dans le dos de Sally pour lui signifier son accord, mieux, sa volonté de les voir s'unir. Dans la lueur à peine éveillée du petit matin, leurs lèvres allaient apponter quand une main silencieuse ôta le turban de celles de Sally. Ils ne l'avaient pas entendu. Leur hôte se tenait à côté d'eux. Confus, ils s'écartèrent l'un de l'autre. Le vieil homme paqueta le turban avec calme et rigueur en regardant ses djellabas qui, pour la toute première fois, habillaient des peaux blanches, anglaises de surcroît. Sally et Peter étaient gênés de s'être montrés si proches sous son toit. Sa culture et sa religion, pensaient-ils, aient pu voir cette proximité sans équivoque comme un irrespect. Ils s'en voulaient de cette incorrection. Leur embarras s'amplifia en considérant les djellabas qu'ils portaient sans son assentiment. Sally s'empressa d'enlever le sien, mais le docteur l'interrompit et posa tendrement sa main sur le bras de la jeune femme. Avec un regard rempli de mystère et de bonté, il commença à nouer le turban autour de la tête de Sally comme s'il apprêtait sa propre fille avant la cérémonie nuptiale. Peter resta coi devant tant de déférence et d'attention. Sally serra ses deux mains sur son cœur pour, sans parler, dire toute sa reconnaissance au vieil homme. Elle était comme en prière. Son œil se remplit d'une larme venue du fond de son cœur. En cet instant, il voyait toute la beauté et le bien dont les hommes peuvent être capables. Malgré l'insécurité de leur situation, elle savait qu'elle vivait des moments rares d'humanité et de pur amour.

Quand il eut terminé son ouvrage, le vieux médecin se rendit à l'armoire en bois d'abricotier qui marquait la limite entre la cuisine et la chambre. Sally, fière de sa nouvelle coiffe, joua à snober un peu Peter qui s'amusa de cette nouvelle facétie.

— Vous allez devoir m'emmener au bal, inspecteur Tomsburry! dit-elle avec une véritable envie de danser un jour à son bras. Voyant revenir le docteur, il sourit en fronçant légèrement les sourcils pour tempérer les élans si délicieux pourtant de sa compagne d'aventure.

Le docteur s'approcha de Peter avec un autre turban et un livre épais à la main. Il l'ouvrit, feuilleta et s'arrêta sur un mot que son index fin et courbé avait ciblé.

— Djellaba, cacher Anglais! dit-il en relevant la tête dans un sourire joueur presque enfantin.

Comprenant qu'il n'ignorait rien de leur projet, ils se turent. Leurs regards disaient au-delà des mots et des langues, la profondeur de leur gratitude. Ils peaufinèrent ensuite leur déguisement en se noircissant le visage et les mains d'un mélange de suie et d'huile d'abricot que leur bienfaiteur habitué à préparer toutes sortes d'onguents pour ses patients composa en un tournemain. S'il n'avait été question de vie ou de mort, ce prélude aux joies d'un défilé costumé les aurait follement amusés. Mais le moment de traverser la foule, de franchir les rues en jouant les Egyptiens pure souche approchait et ils savaient que tout pouvait arriver sur le chemin du salut.

Le docteur terminait le turban de l'inspecteur. Sally glissa discrètement, sous le regard de Peter, quelques autres billets dans un des tiroirs du buffet. S'ils ne suffiraient pas à démontrer toute leur estime, ils permettraient au moins le rachat d'une garde-robe et d'agrémenter pour quelque temps le quotidien d'un vieux médecin égyptien qui, un jour, sans attentes ni conditions, leur tendit simplement la main.

19

Jonathan Glentork, étendu sur sa couchette, s'étirait, heureux d'une belle nuit. « Comme j'ai dormi! se dit-il, je n'ai même pas entendu le bateau partir! » Les rayons de l'aube s'échouaient dans la cabine par le hublot rond. Ils venaient taquiner ses yeux encore gonflés de rêves. Il lorgna pensant voir déjà les côtes de la Mer Rouge. Mais il dut y regarder à deux fois. Les quais de Port-Saïd n'avaient pas bougé. Imperturbables, ils semblaient lui demander ce qu'il faisait encore là. Il s'apprêta en vitesse, enfila son costume et sortit du même élan pour s'enquérir de la situation.

Sur le pont régnait un calme inhabituel. Il n'y avait aucun signe d'activités communes à un bâtiment de cette importance. Le bas de la passerelle était sous la garde de deux agents égyptiens. Les moteurs ne tournaient pas. Il aurait pu se croire seul survivant d'une soudaine épidémie dont ce qui ressemblait à une mise en quarantaine pouvait être la conséquence. N'ayant rien entendu de tel, l'Anglais pencha pour une panne et les gardes n'étaient là que pour empêcher tout clandestin de profiter de cet arrêt prolongé. Il resta un moment appuyé au bastingage. Il contemplait ce port qui, quatre décennies auparavant, avait ouvert une voie maritime impensable. Ce sillon fendit l'Egypte. Il permit, pour la première fois dans l'histoire de l'homme navigateur, de joindre la Grande bleue à la mer Rouge, à celle d'Arabie ouverte sur l'Inde et ses comptoirs et sur l'Asie tout entière. Le redouté cap de Bonne Espérance évité, les navires avaient de nouveaux espoirs. La route serait plus courte, plus sûre, plus rentable. Glentork, bien qu'admiratif du génie et de la force d'entreprise de ce surprenant être humain, ne pouvait s'empêcher de penser aux travaux dangereux, aux ouvriers harassés, quand ils ne se blessaient ou ne mouraient pas dans la fosse qu'ils creusaient pour le progrès, disait-on. Ce qui n'était certes pas faux. Mais c'était aussi pour le profit et la gloire de marchands et de politiques sans scrupules ni égards pour ces milliers d'ouvriers anonymes qu'il y a trois mille cinq cents ans on nommait esclaves. Les pharaons sont toujours là, pensait Glentork, mais ils viennent d'autres pays. Avec leur esprit de conquête et leur argent, ils ont constitué un pouvoir plus grand que ceux des anciens souverains. Un pouvoir qui a le pouvoir de mettre à terre une population sans qu'un seul coup de canon soit tiré. Un pouvoir qui a le pouvoir de corrompre des dirigeants voués en principe à la cause de leurs administrés. Un pouvoir enfin qui a le pouvoir de transformer l'Homme en créature féroce, malfaisante et destructrice quand il est aux mains des fourbes et des cupides. À cette évocation, Glentork se sentit mal. Il avait parfois les élans d'une âme noble. Il fustigeait la politique, l'économie, les coloniaux et les profiteurs de tous ordres. Pourtant, il savait bien qu'il usait de ces mêmes méthodes, certes à sa petite échelle, mais les intentions n'étaient pas meilleures et les conséquences parfois même pires. Cet examen de conscience, qui l'avait déjà maintes fois tisonné, l'assombrit au point qu'il ne remarqua pas l'arrivée d'une femme auprès de lui.

— C'est beau, n'est-ce pas? lui dit-elle en s'appuyant à son tour à la rambarde.

Dans un léger sursaut, Jonathan tourna la tête, sourit à la belle étrangère et à son délicat parfum.

— C'est magnifique, en effet! lui dit-il en la considérant elle. Ayant saisi l'allusion séductrice, elle soutint son regard et lui renvoya un subtil sourire.

— Nous nous parlons enfin? dit-elle.

— J'en suis ravi! Permettez-moi de me présenter : Jonathan Glentork. Il s'inclina.

— Alexa Austin!

— Voyage d'agrément?

— Nous verrons bien! dit-elle jetant encore une poudrée de mystère autour d'elle. Pour quelles raisons ne repartons-nous pas?

— Eh bien… je ne saurais le dire! répondit Glentork.

— Pardonnez ma curiosité, mais je vous ai vu parler à ces deux policiers hier soir!

— Navré de vous avoir infligé ce spectacle ridicule!

— Mais, qu'avaient-ils contre vous?

Glentork trouva cet intérêt trop soudain. Il aurait aimé qu'ils fassent connaissance, qu'ils parlent de voyages, qu'ils plaisantent et se charment pourquoi pas.

— Contre moi? Rien du tout, pourquoi cette question? Il laissa volontairement émerger un étonnement désapprobateur. La jeune femme comprit sa maladresse.

— Pardonnez-moi mon indiscrétion, Mr Glentork! Mais d'où j'étais, je n'ai pas pu vous entendre et vous l'admettrez, la petite séance de déshabillage était tout de même de nature à piquer l'intérêt, ne trouvez-vous pas?

Jonathan se ravisa.

— Pardon Miss Austin, vous avez raison! Ce n'était qu'une tache de sang sur mon veston et ça les a intrigués! Du sang de poulet! précisa-t-il d'un air amusé. Cela dit, ça m'a irrité qu'ils me donnent en spectacle comme ça et… surtout devant vous.

— C'était un peu déconcertant, en effet! confirma la jeune femme.

Il y eut un moment de silence emprunté.

— Peut-être ces hommes savent-ils quelque chose! enchaîna Glentork. Il se dirigea vers la passerelle, la descendit jusqu'aux deux gardes.

Miss Austin les observait.

Après quelques échanges verbaux, Glentork revint auprès d'elle.

— Il s'agit d'un contrôle général tel que les autorités en font parfois; passagers, cargaison, état du navire, papiers administratifs, tout y passe. Pas de chance, c'est tombé sur nous. Ils en ont jusqu'à demain.

— Hhh, quelle guigne! fit la jeune femme un brin d'impatience dans le ton. Je crois que je vais aller prendre un café, m'accompagnez-vous?

Glentork n'avait que cette envie, mais en remontant la passerelle, il repensa à Sally. À la faveur de ce départ reporté, peut-être pourrait-il encore l'aider, tout en saisissant l'opportunité d'une possible bonne fortune. Maintenant que le contact était établi, il aurait le reste du voyage pour conquérir Alexa Austin. Et bien que très épris, en fin stratège, il savait que le lui montrer d'emblée pourrait le mettre à la botte de cette femme si sûre d'elle.

— Ce serait avec joie Miss Austin, mais je souhaite profiter de ces quelques heures pour découvrir un peu la ville. Peut-être nous verrons-nous dans la soirée! Il la salua brièvement, ne lui laissant aucune chance de l'accompagner et reprit la passerelle pour se mêler à la foule trépidante des docks.

Sur sa fin, surprise que ce charmeur mette si peu d'empressement à la côtoyer, la jeune femme en fut intriguée. Elle remit son café à plus tard et décida de suivre à bonne distance cet aventurier si débonnaire en apparence.

20

Le soleil encore bas sur l'horizon chauffait déjà les murs de la ville en éveil. Les rues de Port-Saïd s'animaient et se remplissaient à un rythme effréné. Affublés de leurs tenues locales, Sally et Peter avaient quitté avec émoi la petite maison sous les yeux clairs du vieux docteur. Sur le pas de sa porte bleue, il s'était soigneusement assuré que la voie était libre et leur avait adressé en arabe un : « Que Dieu vous garde » dont même sans avoir compris les mots, les deux fugitifs avaient parfaitement saisi la portée.

La mine basse, ils marchaient depuis une demi-heure en direction du nouveau port, celui construit pour le chantier du grand canal et qui depuis son ouverture quarante-six ans plutôt, avait pris un essor considérable. Hormis quelques regards furtifs auxquels ils se dérobaient immédiatement, il semblait que leur subterfuge fonctionnait. Du moins, tant que personne ne leur adressait la parole et qu'ils continuaient d'avancer.

Au détour d'une ruelle, ils aperçurent enfin un coin de mer. Progressant au travers des groupes d'enfants turbulents, des femmes en noir chargées de victuailles, des marchands et artisans affairés, ils durent s'arrêter au passage d'un convoi de charrettes et de chèvres. Ils se sentirent soudain mal à l'aise par crainte qu'on les remarquât. Ils firent discrètement quelques pas sur le côté et trouvèrent abri sous l'encorbellement d'une arcade ombragée. Peter commençait à ressentir son épaule. Pour ne pas attirer l'attention, il avait choisi de renoncer à une attelle. Les calmants perdaient leur effet et avec la sueur, il craignait que la suture ne lâche. Sally comprit.

— Peter, vous avez mal, mais essayez de ne pas le montrer! lui glissa-t-elle à l'oreille. Elle faillit oublier son personnage d'homme égyptien et dut se retenir de ne pas le toucher comme elle l'aurait fait d'ordinaire. Puis, elle sortit la tête de leur cachette et jeta un coup d'œil au passage du convoi qui se terminait. Elle resta un instant stupéfaite. Peter voyant sa surprise voulut voir à son tour. Mais aussitôt, elle revint dans l'ombre indiquant à Peter qu'ils devaient se cacher. À ce moment, Jonathan Glentork, l'air affairé, passa dans la rue juste à côté d'eux sans les voir.

— Ne devait-il pas partir hier soir? demanda Peter avec un soupçon de petite victoire dans les mots.

— Il devait, mais peut-être a-t-il…!

— … d'autres intentions! assena Peter avec un nouveau rictus de douleur.

— Peu importe! dit-elle, nous devons l'éviter! Venez, rejoignons le port.

Ils se remirent en route en empruntant une ruelle transversale plus discrète. Après quelques dizaines de mètres, sous le soleil implacable, Peter s'arrêta et se tint l'épaule pour tenter de supporter le poids du bras.

— Non, Peter, ne montrez pas que..! dit Sally quand elle vit deux hommes habillés de noir marcher dans leur direction. Ils reconnurent un des membres d'équipage de l'Apocalia. Ils rebroussèrent chemin en marchant vite. Les deux hommes attirés par ce comportement curieux hâtèrent le pas. Sally prit Peter par le bras, se retourna et voyant les deux hommes plus qu'à quelques pas se mit à courir entraînant tant bien que mal Peter qui serrait les dents. Les gorilles de Vilmor parfaitement entraînés coursèrent les fuyards. Ils s'enfoncèrent dans la foule dense, bousculant les passants, les poules et paniers d'osier. Dans sa fuite, Sally avait lâché le bras de Peter. Elle ne remarqua pas tout de suite que les badauds les avaient éloignés l'un de l'autre. Les hommes en noir eurent tôt fait de rejoindre Peter. Ils le maintinrent fermement et voyant la sueur tracer des lignes sur son maquillage, lui arrachèrent son turban et l'emmenèrent sous les yeux suspicieux des gens attroupés. Sally courait encore. Elle jeta un regard en arrière et vit son compagnon disparaître dans la foule, solidement encadré par les traqueurs de Vilmor. Elle s'arrêta, se mit à l'abri d'une palissade sur laquelle séchaient des peaux. Elle était effondrée, fatiguée. Adossée à ce pan de bois, elle se laissa glisser à terre, morte de peur pour Peter et pour elle. Elle était seule, perdue, sans espoir. Des larmes inondèrent ses joues bientôt lavées qui reprenaient doucement leur rose d'origine. Les bras croisés sur les genoux repliés, le front posé sur les avant-bras, elle voulait que cela se termine. Son cœur se serrait à l'idée de ce que Vilmor allait infliger à Peter. Que pouvait-elle faire? Retourner sur l'Apocalia? D'ordinaire, c'était déjà une forteresse, mais maintenant qu'ils avaient repris leur prisonnier, il était totalement illusoire d'approcher le bateau. Poursuivre leur plan? Se rendre au bureau du protectorat britannique? C'était sans doute le premier endroit où ces hommes sans loi, mais loin d'être sots, l'attendaient. Sa peine l'étreignit jusqu'à la nausée, quand elle se rendit compte que son rêve de briller dans la police, que son entêtement à devenir enquêtrice l'avait emmenée aux portes de sa propre mort. Et surtout, qu'elle avait attiré un homme formidable et courageux au seuil d'une fin certaine. Un homme livré à la torture et aux souffrances odieuses dont Vilmor était capable. Du fond de son abattement, sans plus aucune force, les yeux clos, elle voulut attendre qu'on la trouve et la fasse disparaître à son tour.

— Hum... Miss Wood? demanda une voix d'homme en douceur.

Sally ne sursauta pas tant elle s'attendait à une visite. Elle s'étonna toutefois du ton de l'interlocuteur. Il s'accroupit devant elle.

— Vous? cria-t-elle violemment en tentant de le frapper.

L'homme la bâillonna d'une main et la neutralisa de l'autre.

— Sally, je vous en prie, ne nous faites pas remarquer!

Elle se calma, implorant presque le coup de grâce.

— Alors vous aussi vous travaillez pour Vilmor, n'est-ce pas? Vous nous avez bien fagotés, espèce de fripouille! « Je vous aide, je ne pose pas de questions, j'ai un bon ami médecin ». Tu parles, un placard avant la livraison, c'est ça hein, c'est ça?

Sally craqua à nouveau, laissant jaillir ce qui lui restait de larmes.

Glentork l'aida à se relever et l'emmena à l'abri des regards sous une tonnelle bordant les arcades de la rue bondée.

— Sally écoutez-moi, regardez-moi!

Elle ouvrit enfin les yeux.

— Je ne connais pas de Vilmor! expliqua Glentork. Mais je suis en relation d'affaires avec un homme qui se fait appeler « Docteur ». Il emploie un homme du nom de Verso censé me seconder dans le travail que j'ai à faire. Et je l'ai découvert hier après vous avoir quitté : cet homme, ce Verso était à votre recherche. Il est aussi un des hommes qui viennent d'appréhender votre ami.

— Comment pourrais-je vous croire? Vous m'avez dit que vous partiez hier soir et je vous retrouve ce matin à mes... à nos trousses, oh Peter mon Dieu! dit-elle la gorge à nouveau serrée.

— Ce « Docteur » s'appelle donc Vilmor! dit Glentork pensif. J'ai tout vu Sally, mais je ne sais pas où ils ont emmené votre ami. J'ai préféré vous venir en aide. À deux, nous pouvons peut-être sauver Peter.

— Vous deviez partir…! répétait-elle le regard vague .

— Le bateau est bloqué au port, il y a des policiers de garde. Ils vérifient tout sur le Queen Africa. Sous le couvert d'un contrôle de routine, c'est peut-être vous qu'ils cherchent!

Sally releva les yeux et les plongea dans ceux de Glentork comme pour y voir ce que ses mots ne disaient pas. Jonathan attendri par ce regard blessé et implorant lui essuya les pommettes d'une caresse des doigts.

— Je suis un mercenaire qui travaille sur toutes sortes de commandes. Il se trouve que là c'est pour Vilmor, mais je n'avais pas connaissance de son nom jusqu'à aujourd'hui. Il faut me croire Sally, je ne suis pas avec lui. Elle le regardait encore. Sinon, pourquoi serais-je là à vouloir vous aider au lieu de vous amener à lui? Sally reprit peu à peu confiance. Le calme revenait en son cœur en même temps que l'espoir de s'en sortir et de retrouver Peter.

Alexa Austin, discrètement attachée aux pas de Glentork, n'avait rien manqué de la scène hormis les mots qu'elle ne pouvait entendre. Elle se surprit à un sentiment de jalousie mêlé de curiosité. Ce Jonathan Glentork ne semblait plus être le simple voyageur sans histoire, flagorneur et trop sûr de son charme qu'elle avait vu jusqu'alors. Et qui pouvait bien être cette femme envers qui il montrait tant d'attention et dont le déguisement dissimulait mal l'origine? Tout cela l'encouragea à poursuivre sa filature.

— Venez Sally, il faut vous mettre à l'abri, proposa Glentork en la prenant par le bras, ils ne vont pas tarder à revenir.

Elle se releva en observant alentour.

— Je sais que c'est risqué, mais le consulat britannique

serait le meilleur endroit pour votre sécurité, assura Glentork.

— C'était notre idée oui! dit-elle en pensant à Peter et en désignant son déguisement. Je ne pourrai plus tromper les hommes de Vilmor maintenant.

— Ne vous inquiétez pas Sally, je vais vous sortir de là!

Ils se mirent en route se frayant un chemin vers la survie dans la foule bruyante et affairée dont les préoccupations domestiques leur offraient l'image d'une vie plus simple que les leurs en ce moment. Cela faisait du bien et redonna à Sally l'envie de se battre.

21

En quelques ruelles brûlées par le soleil impitoyable au zénith, Peter et ses ravisseurs débouchèrent sur l'esplanade portuaire ouverte sur les docks et les quais assommés de chaleur. Seuls les lancinants roulis des coques amarrées animaient encore ce vaste champ de poussière de sable. Avant de traverser, Verso scruta la place. Il vit de loin, les deux policiers de faction devant la passerelle de l'Apocalia.

– Emmène-le au bateau, je m'occupe des flics! dit l'acolyte de Verso. Peter voulut appeler à l'aide, mais aussitôt une pointe de couteau lui piqua les côtes. Verso tira Peter derrière un amas de caisses. L'autre remit ses cheveux en ordre, ajusta sa tenue et se dirigea d'un air débonnaire vers le bateau. Verso observait. Il vit l'homme saluer les policiers et après un court échange d'apparence formelle, les inviter à bord. Arrivé sur le pont, l'homme laissa passer les agents devant lui et se retournant discrètement, fit un signe à Verso que la voie était libre. Après un dernier coup d'oeil alentour, il força Peter à bout de résistance, à marcher vers l'Apocalia. La passerelle franchie, Verso emmena son prisonnier sur la coursive à l'opposé des policiers affairés. Son complice faisant croire qu'il n'avait pas ses papiers sur lui, avait proposé aux agents de l'accompagner. Les membres d'équipage confirmèrent son identité finalement acceptée par les agents quand il revint de sa cabine avec son passeport. La manœuvre laissa tout loisir à Verso de conduire Peter dans une des cales côté mer. Il pourrait crier, personne ne l'entendrait.

— C'est pas bien c'que t'as fait! Pas bien du tout monsieur l'inspecteur! dit Verso en contemplant Peter jeté au sol se tordre de douleur. Le truand ne prit pas la peine de lui lier les mains, le jugeant hors d'état de nuire. Il sortit et verrouilla la lourde porte à hublot.

Après un temps qu'il n'avait pas mesuré, Peter reprit ses esprits. Assis, appuyé à une des parois de fer, il considéra le lieu. « Mon Dieu Sally, où êtes-vous? » songea-t-il en craignant les dangers qu'elle encourait et cherchant une idée qu'elle aurait sûrement eue pour les sortir de là. Il respira de tous ses poumons pour se recentrer, dégager les émotions qui l'embrouillaient. La douleur de sa blessure était toujours là, mais il commençait à gérer ses efforts. Il se releva. Ses yeux s'étaient habitués à la pénombre huileuse. En quelques pas, il s'approcha du hublot et put voir un homme de garde armé à l'air peu commode. Il se retira en silence de la porte. S'il pouvait l'ouvrir, l'homme lui tomberait dessus. Il fallait trouver un objet, une arme et attendre que quelqu'un vienne. Peter se mit à fouiller la cale noire en tentant d'y voir quelque chose. Il fallait lui laisser ce mérite; ce bateau était remarquablement tenu. Rien ne traînait, absolument rien. Il fit plusieurs fois le tour de la petite pièce en tâtant le sol et les parois essayant de deviner ce qu'il ne voyait pas. Soudain, ses mains s'accrochèrent à ce qui ressemblait à un tuyau. Il tira de toutes ses forces, sans succès, recommença plusieurs fois. Le tube semblait progressivement prendre du jeu, mais ne cédait pas. C'était pourtant sa seule chance. Il s'échina, secoua de tout son poids. Il agrippait le métal de ses dix doigts marqués par la pression désespérée qu'il y mettait. Sans s'en rendre compte, il soufflait, râlait à la fois de douleur et de colère contre ce sort qui lui tournait le dos et semblait le condamner.

— Eh le flic! Ça sert à rien, t'es déjà mort! Dans son combat effréné, Peter n'avait pas entendu la porte s'ouvrir et le garde s'approcher. Le patron veut te voir. L'homme prit le bras droit de Peter par le poignet, le vissa en clé de bras dans son dos, le gauche ensuite et les attacha serrés ensemble. Peter exténué ne résista pas. Arrivé au premier entrepont, au bout d'un long couloir garni de tapis persans d'une extrême finesse, l'homme de main fit entrer le prisonnier dans un salon luxueux décoré d'objets rares et précieux. « Des butins de méchantes campagnes », se dit Peter. Mais en dépit de sa situation, il trouva ce décor somptueux. Un instant, il se demanda comment il était possible que la fourberie et la cruauté puissent avoir tant de goût pour la beauté et la délicatesse. Décidément, il ne comprendrait jamais cet être humain capable des plus grandes atrocités pour sa quête du beau, de son absolu, de son contentement, de l'amour même. Debout au centre de la pièce, Peter n'espérait plus grand-chose quand Vilmor et son sbire entrèrent.

— Vous allez mourir Tomsburry! dit froidement Vilmor en s'asseyant à son lourd bureau d'acajou. Le fauteuil en cuir rouge sombre surpiqué crissa lentement quand il s'y enfonça. Peter ne réagit pas. Mais cette fois, je ne serai pas gentil. Vous m'avez considérablement gêné dans mon projet. Sans vous et votre... fille des rues, j'aurais déjà retrouvé le professeur et le Testament serait à moi. Et puis, l'homme que vous avez refroidi m'était très utile.

— Toutes mes condoléances! dit Peter le regard droit. Le garde s'approcha en levant la main pour le corriger.

— Non, non... pas de sang sur mon Pahlavi. Tu auras ce plaisir plus tard. Le garde s'interrompit à regret et regagna sa place avec un sourire funeste promotteur du pire. Hormis cette dette que vous allez payer, croyez-moi, j'ai un autre projet pour vous.

— Vous n'aurez rien de moi, Vilmor! Vous allez me tuer de toute façon, alors pourquoi vous aiderais-je?

— Ça tombe bien, je n'ai rien à vous demander. De toute manière, vous ne pouvez rien m'apprendre que je ne sache déjà. Vous êtes seul, blessé, ignorant. Mais pour moi et ce que j'ai à réaliser, vous êtes une pièce... stratégique dans le jeu.

— Je n'en attendais pas tant!

— Bien sûr, vous ne vivrez pas longtemps ensuite. Mais ce sera... divertissant! ponctua Vilmor en se penchant sur les journaux posés devant lui. Il en prit un en main et tourna la première page face à Peter qui lut le gros titre.

— Le Testament d'Agakor... demain au Caire! s'exclama Peter en se remémorant toute l'aventure avec Sally. On vous a damé le pion Vilmor. Vous n'avez pas eu le professeur et vous n'aurez pas le Testament! sourit-il avec satisfaction.

— Votre naïveté est décidément renversante Tomsburry! Il est vrai que le professeur et ce Adil Âbha n'ont pas mal joué. Jusqu'à hier, je n'avais que quelques présomptions. Mais puisqu'ils ont décidé de sortir de leur cachette, il n'y a qu'à aller faire mes courses sur place.

— Mais que vous importe ce document puisque son contenu sera connu et diffusé? demanda Peter. N'est-ce pas ce que vous craigniez?

— Je vois qu'en dépit des coups et blessures votre mémoire est intacte. La lettre du professeur ne mentait pas certes. J'ai craint à un certain moment l'ouverture des consciences, un retournement possible des habitudes de consommation. Mais sa vision de scientifique humaniste ne vaut pas lourd face à celle des hommes d'affaires.

— Hélas! Mais l'inverse est encore plus vrai! lança Peter. Vilmor n'y prêta aucune attention.

— Le retour du Bien? Mais qui prendrait ça au sérieux? Au mieux, le peuple gobera ça comme n'importe quel autre conte religieux dont il s'abreuve depuis deux mille ans. Avez-vous vu un changement dans leur comportement? Ah les idéalistes! Non, ce texte n'aura aucun impact sur mes affaires.

— Alors, pourquoi le voler puisque ça ne représente rien pour vous?

— Je n'ai pas dit ça! Il hésita à poursuivre. Et après tout, pourquoi ne pas vous mettre dans la confidence! Ça fera une raison de plus pour vous faire taire à jamais.

— Et moi une raison de plus pour tenter de vivre!

— Idéaliste et définitivement naïf! asséna Vilmor. La lettre du professeur parlait aussi des Légions de l'Apocalypse. Ça vous dit quelque chose?

— Ce qu'il y avait dans la lettre, c'est tout!

— Et bien, c'est pour elles qu'il me faut le document original.

— C'est pourtant tout ce qu'elles sont censées combattre, non? jugea Peter.

— Parfaitement! Mais imaginez le trophée de guerre! « Pris à l'ennemi le 16 avril de l'an de disgrâce 1915 au Caire - Egypte ».

— Vous êtes fou Vilmor! Vous allez réveiller des puissances que vous n'imaginez pas. Ces gens-là ne vous lâcheront jamais. Et quand ils vous trouveront, le jugement sera exemplaire. Notre justice représente ces millions de personnes qui ont besoin de croire en autre chose que vos divertissements empoisonnés. En volant ce symbole, vous les privez d'espoir. Cela va ternir la vie de beaucoup et mettre les autres dans une rage noire.

— Inspecteur Tomsburry au secours des Justes, c'est ça? Vous ne changerez pas ce monde… moi si! Quand j'aurai pris le pouvoir total sur ces âmes faibles, le monde sera plus calme. Plus noir, mais plus calme, faites-moi confiance! La disparition publique du Testament d'Agakor est un bien nécessaire, mon cher inspecteur!

— Vous n'avez aucune chance Vilmor! Pour un événement

de cette importance, le dispositif de sécurité est sans faille. Ils savent qui vous êtes. Vous serez repéré aux premiers pas dans le quartier du Musée.

— C'est tout à fait vrai, inspecteur! Et c'est pour ça que la tâche a été confiée à une personne parfaitement inconnue. Il fit un signe au nervi qui ouvrit la porte. Inspecteur, laissez-moi vous présenter mon arme fatale.

Une femme d'une grande beauté moulée à la perfection dans son tailleur noir et rouge entra sans émotion. Un chapeau plat à voilette légèrement incliné laissait peu apparaître des yeux félins qui surprirent Peter.

— Je vois! dit-il sobrement.

— Miss Austin, miss Alexa Austin! poursuivit Vilmor. Ça fait de l'effet non?

Peter avait eu un secret d'espoir de s'en sortir, mais avec ces révélations et le fait de connaître maintenant la voleuse désignée, il comprit que son arrêt de mort était signé pour de bon.

— Me direz-vous ce que je viens faire encore là-dedans? demanda Peter.

— Vous êtes mon parachute de secours, mon plan B, ma… monnaie d'échange au cas, plus qu'improbable, n'est-ce pas Miss Austin, où le vol échouerait. Bien sûr, faudra-t-il encore que la Couronne britannique vous juge digne de vous troquer contre le Testament! Je dois dire que c'est là une inconnue des plus incertaines dans l'équation! dit Vilmor avec tout le cynisme dont il était capable. Allez, remets le poulet au frais! ordonna-t-il enfin à son homme de main, et prépare le sub! Nous partons immédiatement. Par la mer puisque la basse-cour fait le piquet à la passerelle.

Résigné et poings liés, Peter se laissa emmener dans sa cale sans broncher, sans émotion, sans espoir.

22

En connaisseur émérite de la ville, Glentork guidait Sally épuisée, mais volontaire dans la ruelle bordée de devantures à la sieste à cette heure du jour.

— Ça y est, le consulat est là sur la place au bout de la rue! dit-il en soutenant Sally. On va y arriver, venez!

— Je crois que je vais m'évanouir Jonathan!

— Tenez bon Sally, on y est presque!

Il l'aida tout en scrutant la place surchauffée qui s'ouvrait lentement à eux. Arrivé à la fin de la ruelle, il vit Sally fermer les yeux, la secoua délicatement et l'encouragea à marcher encore la centaine de mètres qui restaient à parcourir jusqu'au portail du consulat britannique.

— Oui… je vous suis Jon…! bredouilla Sally en sueur et au bord de l'effacement.

Elle n'eut pas le temps de terminer sa phrase engluée qu'elle sentit son corps soulevé et jeté sans ménagement sur des épaules puissantes. Elle entr'ouvrit les yeux, mais incapable d'une quelconque réaction. Elle était ballottée comme l'écuyère à sa première leçon qui prend à contretemps le trot haché du cheval.

— Mais… qu'est… ce… queeee… vous fai… ai… tes… Jo… o… naaa… than!

La tête en bas dans le dos de Glentork, le sang lui montait aux joues. Réveillée par cet assaut de cavalerie, elle ouvrit grand les yeux et vit, horrifiée, deux gaillards qui les coursaient. Pl... plus... vi... iiite! hurla-t-elle.

— Citoyens britanniques, ouvrez, sommes en danger! cria à son tour Glentork à l'adresse des gardiens du portail. « Sally Wood et inspecteur Tomsburry! » lança-t-il sûr que les noms des recherchés leur seraient connus. Les sbires de Vilmor stoppèrent net quand ils virent les grilles du consulat s'ouvrir, laisser passer l'étrange équipage et deux gardes prêts à les mettre en joue. Ils rebroussèrent chemin aussi vite pour disparaître dans l'ombre d'une ruelle adjacente.

Exténué par sa course salvatrice, Glentork déposa Sally sur un coin d'herbe ombragé du jardin anglais qui menait à l'entrée du bâtiment. Des membres de la délégation, ameutés par les voix, en sortaient et venaient dans leur direction. Des larmes de nervosité rayaient le maquillage de Sally. Elle se sentait en sécurité pour la première fois depuis l'enlèvement à Charing Cross, mais elle savait aussi ce qui pouvait l'attendre si on ne retrouvait pas Peter. Entre apaisement et nouvelles craintes, ses mots sanglotaient.

— Jonathan... merci, merci! dit-elle simplement. Il s'agenouilla près d'elle, le front perlé, les yeux rougis de leur sel. Les employés de la représentation arrivaient.

— Sally pourquoi tout cela? Son regard insistait, il reprenait son souffle.

— Je... c'est à cause de ce...!

— Dites-moi s'il vous plaît pourquoi vous risquez votre vie, pourquoi j'ai risqué la mienne? Sally s'étonna sans mots. « N'est-ce donc pas pour moi? » pensa-t-elle. Mais l'argument l'emporta.

— C'est à cause de... de ce Testament d'Agakor! avoua-t-elle entre deux courtes respirations épleurées, comme si elle reprochait au document toute sa souffrance et celle de Peter, d'avoir aiguisé son idiote vanité et sa pauvre naïveté. Glentork lui tenait la main. Les collaborateurs les entourèrent de prévenance et les invitèrent à l'intérieur.

Le caractère exceptionnel de l'événement avait provoqué une bonne dose d'excitation dans ce consulat bien britannique où d'ordinaire régnaient flegme et réserve d'usage. Le calme revenu, chacun reprit sa tâche. Après un peu d'eau et un bref repos, Sally et Glentork entrèrent dans le bureau du consul, Lord Finley.

— Miss Wood, inspecteur Tomsburry… c'est une joie de vous voir ici et vivants! Et bien dites-moi on parle de vous en Angleterre, comme ici d'ailleurs. Il désigna les journaux épars flanqués sur la table basse.

— Monsieur le Consul, dit Sally impatiente, nous devons immédiatement prévenir le commissaire Perkins du commissariat de Wood street à Londres. Peter, enfin je veux dire l'inspecteur Tomsburry est prisonnier du docteur Vilmor sur un bateau qui s'appelle l'Apocalia et qui est….

— Oh là, oh là… Miss Wood, je comprends parfaitement le choc, la chaleur, mais l'inspecteur est là à côté de vous!

— Lord Finley, reprit Glentork, mon nom est Jonathan Glentork, je suis commerçant et j'ai simplement aidé cette jeune femme que j'ai vue en danger. Elle m'a parlé de l'inspecteur… je me suis dit que la porte s'ouvrirait en mentionnant son nom. Glentork lui tendit son passeport.

— Ah je vois! Pas très régulier, mais fort courageux et bien pensé ma foi. Donc, ces hommes à votre poursuite, c'était ceux de ce docteur Vilmor?

— Oui! Comme vous le voyez Lord Finley, il y a urgence! insista Sally.

Le consul appela son secrétaire qui emmena aussitôt Sally et Glentork au poste de télégraphie. Connaissant tous les rapports sur l'affaire, Lord Finley, sachant Vilmor sous immunité diplomatique et étant la seule autorité à pouvoir la lever, il rédigea le mandat d'amenée et ordonna la mission. Sous la dictée de Sally, l'opérateur actionna le levier du télégraphe.

Miss Wood sauve au consulat à Port-Saïd - STOP - Insp. Tomsburry détenu sur Apocalia - STOP - Mission libération en cours par Lord Finley - STOP -

En attendant la réponse, ils consultèrent la presse posée là. Ils faisaient les titres des journaux de la semaine. Mais celui du jour mentionnait une nouvelle sensationnelle.

— J'allais vous en parler! dit Lord Finley les voyant éberlués.

— Jonathan regardez! dit Sally.

Elle lut : « *Le vendredi 16 avril à midi au Musée Egyptien du Caire, le professeur Henry Philright et le maître indien Adil Âbha présenteront en première mondiale, un document unique d'une valeur historique exceptionnelle :* **le Testament d'Agakor**. *Mis au jour dans le plus grand secret par le professeur Philright en 1912 dans une région reculée du Sud-Soudan, le document aurait plus de 25 000 ans. Il ferait état d'une civilisation très avancée qui, selon la traduction de cette langue inconnue jusqu'à aujourd'hui, aurait quitté notre planète en promettant d'y revenir y instaurer paix et prospérité. Il s'agit là, affirment les deux hommes, de la plus grande découverte et du message d'espoir le plus absolu que le monde ait connus. Certains pensent que les grands guides spirituels de notre histoire humaine seraient issus de ce peuple, les Agaks, et auraient pu être envoyés en mission de préparation pour le grand retour. Cela remet en question...* »

Glentork prit le journal en main.

— C'est donc cela? fit-il songeur.

— Jonathan, c'est demain, nous devons nous y rendre. Vilmor tentera forcément de le voler! dit Sally.

— Miss Wood, il n'y a aucun danger! dit Lord Finley, les

hommes de faction ont été avertis. Huit autres agents munis du mandat seront au bateau dans quelques minutes. Selon notre officier sur place, depuis le début de la surveillance, personne n'a quitté l'Apocalia.

— Alors ils n'ont vu monter personne non plus? demanda-t-elle à nouveau très inquiète.

— Apparemment non!

— Mais l'inspecteur Tomsburry est forcément là! Où d'autre auraient-ils pu l'emmener? réfléchit Sally.

— Nous aurons bientôt les réponses à vos questions, ne vous tourmentez plus! rassura le consul. Maintenant que nous avons l'autorisation de fouiller le bateau et de forcer Vilmor à venir au poste, nous saurons les obtenir ces réponses, croyez-moi! Et nous nous arrangerons pour le garder à l'ombre, au moins jusqu'à la mise en lieu sûr du Testament.

— Dieu vous entende Lord Finley! Parce que cet homme, c'est le diable en smoking! dit Sally en frissonnant à l'idée que Peter soit encore à la merci de ce démon.

La réponse de Londres arriva.

Sommes heureux pour vous - STOP - Ordre : Miss Wood rentrez par 1er bateau - Lord Finley en charge de Insp. Tomsburry et Vilmor - STOP et FIN -

Sally regarda Lord Finley avec les yeux implorants et la tête qui disait non.

— Je ne peux pas partir, je ne peux pas laisser Peter comme ça!

L'énoncé du prénom de l'inspecteur donna au consul une indication claire quant à la relation qu'entretenait Miss Wood avec l'inspecteur Tomsburry. Glentork ne dit rien. Mais ce nouveau constat de l'affection qu'elle portait à son policier l'irrita. Il ravala sa jalousie.

— Cette sollicitude vous honore Miss Wood. Mais je connais les circonstances de votre implication dans cette enquête et je pense que vous ne devriez pas aggraver la situation avec votre employeur, vous devez rentrer. De toute manière, ce sont les ordres et c'est parce que les ordres ne se discutent pas et s'exécutent que l'Empire est la merveille qu'il est aujourd'hui. Partez sans crainte et gardez votre emploi Miss Wood! Quant à vous Mr Glentork, la Couronne vous remercie pour votre acte de courage. Que cette modeste contribution à votre voyage puisse vous le prouver. Lord Finley tendit une bourse à Glentork qui exprima une gratitude empreinte de fausse modestie et la prit.

— Un petit dédommagement rien de plus! ajouta Lord Finley. Miss Wood, le prochain bateau pour Southhampton part demain soir à 21 h de Port-Saïd, nous vous y escorterons. D'ici là vous êtes sous ma responsabilité et la protection du consulat. Notre intendante va s'occuper de vous loger ici.

Sally et Glentork remercièrent Lord Finley qui s'assit à son bureau signifiant la fin de la conversation. Ils prirent congé.

Le grand hall d'accueil aux fenêtres hautes et cintrées enchâssées dans les épais murs blancs donnait sur le jardin qui les avait accueillis. Ils sortirent pour se dire au revoir.

Leurs pas lents crissaient sous le gravier de l'allée droite menant au portail de sortie. Sally regarda autour d'eux pour s'assurer d'une discrétion totale. Glentork prit les devants à voix feutrée.

— Sally, ces ordres ne valent rien. Vous avez été en contact avec le ravisseur. Vous seule savez comment il pourrait opérer.

— Je sais, mais que pourrais-je faire de mieux qu'une escouade de policiers en armes?

— Vous avez un énorme avantage sur eux. Seule vous êtes discrète. Avec votre connaissance des pratiques de Vilmor, votre courage et votre intelligence, vous valez tous les flics du coin réunis.

— Si j'échoue, je serai renvoyée, si ce n'est pas déjà fait. Je n'ai que ce travail pour vivre. Je sais que j'aurais dû y penser avant de me lancer dans cette folie. S'il me reste une chance de garder mon poste, je ne veux pas la manquer. Comprenez-moi Jonathan!

— Imaginez que demain, Vilmor parvienne à s'emparer du Testament. D'ailleurs, je parie mon costume qu'il n'est déjà plus à bord de l'Apocalia et qu'il file bon train vers Le Caire. Imaginez que vous réussissiez à le confondre et à sauver le Testament.

Les images de gloire emplissaient les yeux ronds de Sally. Elle serait encensée. On l'inviterait. Le roi lui-même la recevrait sûrement. Et puis, ce haut fait au service de l'Empire et du monde lui donnerait plus qu'assurément le poste d'enquêtrice dont elle rêve depuis son enfance.

— Non Jonathan, je ne peux pas, je n'en peux plus, je veux rentrer. Après tout, avoir un travail c'est déjà bien! Et puis, Vilmor où qu'il soit va être appréhendé sous peu. Ils feront ça très bien!

Ils s'assirent sur un banc à l'ombre d'un vieux sycomore qui ne trahirait pas leurs secrets.

— Et Peter? fit Glentork. Lord Finley semble bien sûr de lui. Vilmor ne parlera jamais. Il n'y a que vous pour le retrouver et vous le savez.

Sally garda le silence. Dans ses larmes coulaient tous ces moments drôles, périlleux, douloureux ou tendres qu'elle avait partagés avec cet homme qu'il y a quelques jours elle ne connaissait pas. Un homme qui avait accepté son rêve de femme, pris des risques, renoncé à son éthique. Un homme blessé, torturé.

— Mort peut-être! dit-elle les lèvres à peine ouvertes.

— Sally, regardez-moi! Elle leva les yeux. Vu la tournure des événements, le travail que je devais faire pour Vilmor semble compromis. Je ne veux plus rien avoir à faire avec cette fripouille et je n'ai aucune envie d'être ennuyé par la police. Sally se demanda, sans la force de poser la question, ce qu'il pouvait craindre de la loi. Alors Sally, je suis avec vous. Je peux trouver le moyen de nous rendre au Caire demain à la première heure. Elle n'avait pas fini d'analyser ces derniers mots qu'une voix énergique la héla.

— Miss Wood, Miss Wood! appela le secrétaire particulier du consul. C'est très urgent, Lord Finley veut vous voir. Hâtez-vous, je vous prie!

Sally et Glentork extirpés de leur messe basse se pressèrent. Accompagnés du secrétaire, ils traversèrent à nouveau le grand hall. La cavalcade des chaussures martelant les dalles de marbre emplissait ce lieu peu familier des agitations désordonnées. Ils entrèrent en trombe dans le bureau.

— Nous avons une bonne et une mauvaise nouvelle! lança Lord Finley.

— Peter! s'écria Sally en portant ses mains jointes à ses lèvres tremblantes.

— La bonne : l'inspecteur Tomsburry a été retrouvé… blessé, mais vivant dans une des cales du bateau. Il est en route pour notre hôpital à deux rues d'ici.

— Peter… oh mon Dieu… merci! pleura Sally qui relâchait toute la pression accumulée.

— Et la mauvaise nouvelle Lord Finley? interrogea Glentork.

Sally leva les yeux vers le consul.

— Vous aviez raison Miss Wood! dit-il d'un air embarrassé, Vilmor n'était plus à bord de l'Apocalia. Comme vous l'avez suggéré, nous pensons qu'il sera à la présentation du Testament demain. Un dispositif policier exceptionnel est en train d'être mis en place à l'intérieur et aux abords du Musée Egyptien. Il sera tout simplement impossible d'approcher le document qui par ailleurs vient d'être placé dans le coffre de haute sécurité du musée sous forte escorte et en présence du professeur Philright, du maître Âbha, de la délégation soudanaise et de quelques journalistes triés sur le volet. On m'a confirmé la parfaite tenue de l'opération. Cette nuit, quatre hommes seront en permanence devant le coffre. Ils seront relayés toutes les deux heures. Au total, près de quarante hommes de confiance entraînés et armés. Vilmor peut venir! termina-t-il sur une pointe de triomphalisme.

— Lord Finley, je voudrais voir l'inspecteur Tomsburry! dit Sally comme si elle n'avait pas entendu son exposé.

— Ne vaut-il pas mieux que vous vous reposiez et lui aussi sûrement! intervint Glentork.

— Mr Glentork a raison Miss Wood! Dormez en paix cette nuit et demain matin, je vous emmènerai moi-même auprès de ce cher inspecteur Tomsburry.

Sally se résigna, heureuse comme elle ne put l'exprimer que Peter soit sauf. Laissant le consul à ses tâches, ils sortirent pour un second au revoir.

— Miss Wood, je suis si heureux pour vous que tout rentre dans l'ordre! Je vais rejoindre le Queen Africa et trouver un autre bateau pour un autre pays, je ne veux pas rentrer tout de suite en Angleterre. Vous allez me manquer savez-vous?

— Jonathan, c'était quoi le moyen dont vous parliez pour nous rendre au Caire? dit-elle le regard en pleine réflexion.

Glentork, le temps d'encaisser l'information, se reprit sur un demi-sourire.

— Vous n'êtes pas sérieuse, dites-moi!

— Une voiture, le train, quoi? assena-t-elle.

— Sally, je pense que…!

— Jonathan, on n'a pas la semaine!

— Ma foi… une… oui, une voiture… je dois pouvoir l'emprunter… une connaissance à moi!

— Vous sembliez plutôt décidé tout à l'heure! reprit Sally.

— Certes, mais les données ont changé. Vous retrouvez votre inspecteur, dit-il sur un ton déçu, vous n'aurez manifestement pas de problème à votre retour, le professeur est retrouvé, Vilmor va se faire épingler tôt ou tard et en plus le Testament est totalement inatteignable maintenant!

Sally avait bien deviné cet aventurier.

— Mais Jonathan mon sauveur, le Testament je ne vous l'aurais de toute manière pas laissé! s'amusa-t-elle en observant ride par ride sa réaction.

Découvert, il ne se défendit pas.

— Ça aurait été un coup de maître convenez-en et sûrement une très belle affaire! sourit-il à son tour. Mais à vous mon héroïne, je l'aurais laissé.

Sans pouvoir dire s'il eût réellement passé à l'acte, Sally fût touchée par ce mercenaire un peu filou pour les choses, mais au cœur noble pour les gens.

— Vilmor sera là, j'en suis sûre. Passerez-vous me prendre?

— Je serai à six heures à l'angle de la ruelle à droite du portail, ne me faites pas attendre chère amazone! dit-il revenant à sa nature légère et aventureuse.

— J'ai hâte d'y être, mon fier… destrier! répondit Sally cherchant une réplique théâtrale dont elle n'était pas familière et qu'elle aurait voulue plus originale.

Lord Finley, debout derrière sa fenêtre, vit Glentork baiser la main de Miss Wood, la saluer et passer le portail. Sally, le visage réjoui retourna dans la grande demeure blanche pour un vrai repas et un bon lit pour quelques heures au moins.

23

À 4 heures du matin, la nuit enveloppait encore le consulat et tout Port-Saïd. L'éclairage du jardin franchissait impunément la fenêtre carrée qui regardait Sally s'éveiller péniblement. Il fallait une motivation hors du commun pour s'arracher au sommeil et à ce lit câlin. Elle aurait pu dormir trois jours entiers. Mais son cœur menait son corps à la vie, à l'action. Rejoindre Peter, c'était tout ce qui comptait. Elle se reposerait plus tard avec lui, sur le bateau qui les ramènerait à leur chère Angleterre, à leur belle ville de Londres. À deux tout y sera possible désormais. Ces pensées ouvraient ses yeux lourds pendant que ses mains nouaient ses cheveux folâtres. Elle s'aspergea le visage d'un peu d'eau, en but quelques gorgées. Prête en quelques minutes, elle sortit de la chambre ses bottines à la main. Le couloir au sol lustré lui renvoyait les mêmes lueurs blanchâtres venant du parc. À son extrémité, un large escalier descendait au rez-de-chaussée. La pénombre était là, aussi dense que le poids du silence. Les dernières marches ouvraient sur le grand hall et sa grande porte vitrée. Les lampadaires du jardin répandaient leur souffle livide sur les parterres.

Tout était simple. La maison endormie s'apercevrait trop tard de sa fugue. Sally traversa le hall. Arrivée à la porte, elle posa la main sur la poignée. Avant de l'abaisser, elle regarda par le carreau vers la guérite du portail. Deux gardes faisaient les cent pas derrière la grille. Comment justifier une sortie à cette heure-ci? Elle retira sa main et réfléchit. Son regard cherchant une solution aux limites de l'enceinte — peut-être pourrait-elle passer ailleurs — son cœur failli soudain s'arrêter net. En deux secondes, elle vit une ombre rapide venir frapper violemment la vitre. Elle eut à peine le temps de reculer qu'une autre ombre martela la porte. Elle n'avait pas prévu les deux bergers allemands, brigade volante des nuits du parc. Cette présence blafarde leur était anormale et suspecte. Ils aboyaient, jappaient, dressés et pattes avant à quelques centimètres du visage de Sally. Tressaillante, elle revint sur ses pas. Gagna l'escalier en trois enjambées, monta les marches avec l'énergie du sauve-qui-peut et fonça dans le couloir. La porte de sa chambre à quelques mètres seulement, toute la maison s'alluma. Dehors, des gardes avaient rejoint les chiens. Les lampes-torches coupaient la nuit en polygones éphémères. Ce couloir n'en finissait pas. Sally ne respirait plus, elle courait. Une poignée de porte s'abaissa. Au même instant, Sally entra dans sa chambre, retira en hâte veste et robe, s'ébouriffa la coiffure. Elle sortit mimant le sommeil dérangé.

— Qu'est-ce que c'est? dit-elle en bâillant.

— Ne vous inquiétez pas Miss Wood, je vais voir! Sûrement rien d'important. Ces chiens voient des chats partout! dit le secrétaire du consul en passant sa robe de chambre. Rendormez-vous Miss Wood! Je m'en occupe.

Sally ne se fit pas prier. Elle referma et s'assis sur le bord du lit.

— Là, ma fille, tu as frisé la pâtée! se dit-elle.

Un semblant de calme retrouvé, elle alla à la fenêtre. Elle vit un garde rentrer les chiens. L'agitation retournait s'endormir sous les sycomores. Devant elle, les premières branches du plus massif d'entre eux venaient lui tendre la main comme pour l'emmener danser.

— Merci mon prince! joua-t-elle, je danserais bien avec vous, à la condition que vous m'emmeniez auprès de mon bien-aimé! Elle s'amusa de cette vision. Alors que ses yeux glissaient le long du puissant ramage, son mental fit en une seconde le chemin de la rêverie à la plus pragmatique des réalités.

— Mais oui, mon prince… j'arrive! murmura-t-elle le sourire aux pommettes.

Elle griffonna un mot d'excuse à l'attention de Lord Finley. Puis rhabillée, la robe trop ample ficelée juste au corps et relevée entre les jambes, elle ouvrit la fenêtre, mesura le risque d'être vue, le considéra quasi nul. Elle s'agrippa, se lança dans les bras noueux du vénérable. Sally avait l'agilité des chats que les bergers allemands n'avaient pas vus. Elle se mouvait avec grâce, sans bruit, soutenue par des membres de sa famille : elle était une Wood tout de même. Au bout du premier arbre, deux autres tout aussi majestueux et robustes lui faisaient suite en s'éloignant de la guérite. En quelques échardes et écorchures, ils la menèrent juste au-delà du mur d'enceinte, aux abords de la grande place encore déserte. Sally se glissa sur la dernière branche qui s'inclina pour laisser descendre en douceur la princesse de cette nuit d'Egypte.

Elle trouva sans mal son chemin vers l'hôpital. En fausse innocence, elle l'avait demandé à Lord Finley. Trop heureux d'apporter son concours dans le dénouement de cette émouvante affaire, il avait marqué l'endroit en rouge sur son plan de ville qui depuis, avait changé de propriétaire.

Le jour commençait à peindre l'imposante façade de l'hôpital britannique. Avec sa colonne centrale trônant entre deux ailes proéminentes, le bâtiment rappelait un château dont les tours médiévales auraient cédé leur place à l'épure de la modernité. À l'étage, des arcades abritaient les coursives donnant sur les chambres et rompaient l'image de caserne qu'insufflait la bâtisse au premier regard. Il était près de 5 heures. Sally entra par la porte principale sans rencontrer personne. Sans être convaincue qu'on l'autoriserait à voir le blessé, elle se dit qu'il valait mieux ne pas être vue. « Peter, où êtes-vous donc? » répétait-elle en réfléchissant à la meilleure façon de le rejoindre avant qu'on la trouvât. Quelques inscriptions laconiques indiquaient bien les différentes zones et disciplines médicales. Mais sans connaître l'état dans lequel il avait été admis, il était impossible de savoir où on l'avait placé. Le bureau de réception encore éteint et désert, elle y entra certaine d'y trouver l'information. Le comptoir surmonté d'une large vitre rassemblait une foule de documents, notes et dossiers. « Les bureaux de Wood street sont mieux tenus. » se dit-elle assez fière des soins qu'elle leur prodiguait. La lampe cochère de l'entrée distribuait sa lumière timide sur ce fatras de papiers. Sally souleva un livre grand format. « Ah, le registre! ». Elle l'ouvrit, tourna les pages, chercha la date de la veille, le 15 avril. Mais rien! Aucune trace de l'admission de Peter. Au moment de s'asseoir pour vérifier encore, le nez dans les pages, Sally eut un sursaut d'effroi. La porte venait de s'ouvrir. Une forme ovale, massive emplissait presque l'embrasure. Elle actionna l'interrupteur.

La femme forte et charpentée resta en arrêt. Chignon gris, robe bleue à fleurs jaune pâle, seins lourds posés sur son ventre, elle ne bougeait plus. Par peur ou par stupeur, elle ne criait pas, ne respirait pas. Sally presque aussi figée referma lentement le registre qu'elle tenait sur ses genoux. Leurs regards aimantés l'un à l'autre interdisaient le moindre mouvement de cils.

— Sally Wood… c'est vous? finit par articuler la dame.

Plus surprise que par l'ampoule qui l'a trahit, Sally fronça les sourcils en bredouillant.

— Hum… moui… oui c'est moi!?

La réceptionniste se retourna vers le couloir, vérifia la fréquentation et revint dans le bureau en refermant la porte. Elle se pencha sur Sally et lui tendit la main en décrispant son visage par un large sourire.

— Apolline Chenoweth! C'est bien vous la célèbre Sally Wood?

Sally abasourdie, elle qui avait préparé le registre pour assommer la gêneuse, en perdait ses mots.

— Oui, mais qu'est-ce…!

— Quand j'ai vu arriver hier la police avec ce blessé, l'inspecteur Tomsbury, j'ai tout de suite su que vous viendriez. J'ai prié pour vous voir, et vous êtes là! Merci mon Dieu! Elle joignit les mains en fermant les yeux.

— L'inspecteur? Il est là n'est-ce pas? s'enquit Sally.

— On ne parle que de vous depuis des jours. Vous êtes notre héroïne Sally… Oh que je suis émue! dit-elle encore en prenant une chaise.

— Puis-je le voir?

— Mon service commence dans dix minutes, alors maintenant que je vous ai, je vous garde pour moi! rit-elle pensant flatter la jeune femme.

— Miss Chenoweth, s'il vous plaît! Emmenez-moi auprès de l'inspecteur, je vous en prie!

— Ah oui, l'inspecteur! répondit la réceptionniste dans l'expectative. C'est que hormis les soignants, personne n'a le droit de lui rendre visite. Il y a un policier en permanence devant sa porte. Si ça ne tenait qu'à moi, vous y seriez déjà.

— Mais ça ne tient qu'à vous Apolline!

Miss Chenoweth posa un regard ébahi sur Sally. La demi-déesse l'avait appelée par son prénom et sans savoir encore comment, elle pourrait aider son héroïne.

— Vous avez certainement une blouse et un badge quelque

part?

— Oh, Sally, quelle audacieuse vous faites! Je ne sais pas si…! dit Apolline en se mordillant les lèvres.

— Vous ne risquez rien! Le policier n'y verra que du feu et je vous rends la blouse et le badge dans vingt minutes.

— Vous alors! Décidée, Miss Chenoweth se leva et se dirigea vers le vestiaire du personnel contigu à la réception. Tenez, essayez celle-ci! Elle lui tendit une tenue et un badge. Vous êtes parfaite en infirmière Miss Wood! Et bien plus jolie que sur la photo! C'est ce que j'ai trouvé de plus ressemblant!

— Apolline, vous êtes formidable! dit Sally en cherchant un chemin pour une accolade de gratitude. Gênée, un peu empruntée, Apolline tapota le dos de Sally d'une main en effaçant une larme de l'autre. Elle n'avait pas l'habitude de côtoyer un être qui pour elle était un ange.

— Venez, c'est la 12!

Elles passèrent le hall d'entrée, prirent le premier couloir à droite. Elles s'approchaient du garde. Comme il connaissait la réceptionniste, il accepta sans sourciller l'infirmière qui l'accompagnait. Apolline retourna à son poste. Sally ouvrit délicatement la porte.

L'inspecteur dormait. Sally s'approcha. Une petite lampe en col de cygne détournait son ampoule par pudeur, par crainte de troubler leur intimité. Un gros bandage entourait l'épaule et le torse de Peter. Sally se pencha. Le souffle chaud de cet homme qu'elle avait failli perdre caressait son visage. Il y déposait déjà ce baiser qu'elle voulait maintenant. Elle posa sa main sur le front de Peter, la fit glisser amoureusement sur sa joue.

— Peter Tomsburry, je vous aime! dit-elle émue. Des perles de bonheur dans les yeux, elle ne vit pas tout de suite que ceux de Peter venaient de s'entr'ouvrir.

— Vous! dit-il sans bruit, pas certain d'être bien éveillé. De sa main valide, il lui toucha le visage, caressa ses larmes du bout des doigts. Sally se pencha encore. Ce regard délicieux dont Peter avait, en une seconde, été l'otage entra dans la lueur de la petite lampe. Leurs yeux dansaient dans une mer rouge d'amour. Leurs âmes enlacées poussaient leurs corps brûlants l'un vers l'autre. Leurs lèvres vibraient attirées par la gravité céleste. Sally poursuivait la descente vers son astre unique. Elle allait s'y poser pour ne plus jamais le quitter. Peter sentait son cœur distendre les bandages à les rompre pour s'ouvrir grand à cet astéroïde de Dieu.

— Je vous aime Sally Wood! murmura Peter les iris noyés dans ceux de Sally. Leurs paupières s'abaissèrent, ils se goûtèrent légèrement les lèvres pour la première fois. Peter passa son bras dans le dos de Sally et la serra contre lui. Elle n'avait jamais ressenti une telle affection. Il y avait un vrai désir, mais les circonstances ne permettant pas de l'assouvir, c'est la puissance de leur relation d'âme qui s'exprimait dans cette divine étreinte.

— Oh Peter, Peter! dit-elle folle de joie en prenant un léger recul pour mieux le voir. J'ai eu si peur!

— J'avais perdu espoir de vous revoir un jour! dit Peter. Est-ce que vous allez bien? Comment êtes-vous arrivé jusqu'à moi? Racontez-moi!

— Je veux tout savoir de votre côté aussi et je vous dirai tout du mien, mais là je ne peux pas rester! Dès demain, nous aurons tout le temps, mon cher amour!

— Partir, mais pourquoi?

— Peter, le professeur Philright est au Caire et aujourd'hui à midi, il présente officiellement le Testament d'Agakor au monde! N'est-ce pas formidable? dit-elle trépidante.

— Oui, je suis au courant! D'ailleurs… Il recentra ses pensées quelque peu ébouriffées par leur rapprochement. Il faut prévenir la police, Vilmor va tenter de le voler…

— Ah, je le savais! fit triomphalement Sally en se levant comme prête à en découdre. C'est la raison de mon départ. Je me rends au Caire. Si je peux déjouer les plans de cette crapule…!

— Non, il ne va pas le faire lui-même Sally. C'est une femme, attendez… Alix… Aless… Alexa… c'est ça, Alexa Austin qui est chargée de l'opération. Je l'ai appris sur l'Apocalia.

— Raison de plus pour y aller. La police ne la connaît pas et le temps que l'information leur parvienne… Comment est-elle?

— Sally, ce n'est pas raisonnable. Laissez faire la police!

— Vous savez comme moi que sans nous, le Testament aurait déjà disparu et le professeur sans doute aussi. Il acquiesça. Pour moi, il n'y a qu'un policier, c'est vous Peter.

— Alors, je viens avec vous. Il tenta de se lever, mais ces bandages ne lui laissèrent aucune chance.

— Je voudrais tant que nous soyons ensemble, que nous arrêtions ces malfrats tous les deux. Vous ne serez peut-être pas là, mais c'est votre information au sujet de cette femme qui permettra de la confondre. Est-elle belle? glissa-t-elle.

— Oui… peut-être! réfléchit Peter songeant au rôle qu'il pourrait encore jouer dans l'affaire.

— Alors elle est belle n'est-ce pas?

— Hein? Oui… elle n'est pas vilaine! Pensant à l'interpellation, Peter la décrivit dans les moindres détails. Mais vous ne pouvez pas l'arrêter Sally! Vous avez déjà suffisamment risqué votre vie, ne croyez-vous pas?

Sally eut un curieux sentiment.

— En contraire, j'ai plein de raisons de la coffrer cette voleuse! dit-elle laissant à Peter le soin de les imaginer.

— Vous ne croyez tout de même pas que…!

— Je ne crois rien, inspecteur Tomsburry! dit-elle en jouant un peu la distance qu'elle voulait pourtant lui signifier. Mais je vais de ce pas au Caire.

— Par le train? Vous ne serez jamais au Caire à midi!

— Un chauffeur et une voiture m'attendent, nous partons à 6 heures.

— Un chauffeur, quel chauffeur?

Sally sentit le risque d'une situation inversée, mais n'avait pas envie de mentir.

— C'est Mr Glentork. Il m'a beaucoup aidé, je vous raconterai.

— J'avoue être bien curieux de connaître cette histoire! dit-il sur un ton équivoque. Sally tenta de calmer le jeu.

— Allons! Bien sûr que j'ai confiance en vous Peter et vous pouvez avoir confiance en moi, vous le savez!

Elle se rapprocha, l'embrassa d'un baiser passionné, se détacha en prenant une inspiration profonde comme son plaisir. Ne vous en faites pas mon cher amour. En vous j'ai confiance… mais pas en elle.

Sur ces mots décidés, elle sortit, salua le garde en poste, remercia Miss Chenoweth pour son aide, déposa la blouse et le badge et reprit le chemin de la place où l'attendaient déjà Jonathan Glentork et le reste de sa vie.

24

Le petit monde de l'aube zébrait déjà les pierres du sol restées chaudes malgré la nuit. Sally, encore à l'abri de la ruelle, observa la place avant de s'y engager. Aucune voiture, pas de Jonathan. Il avait promis, il viendrait. Sally s'avança de quelques pas. Sur sa gauche, elle voyait maintenant le portail du consulat désert. Elle balaya l'espace vers la droite. Les devantures ouvraient aux rythmes mous des réveils difficiles. Quelques sons empâtés sortaient çà et là des bouches pataudes et venaient se rendormir sur les trumeaux d'en face.

— Sally! dit soudain une voix presque à son oreille.

— Oh, vous êtes là! dit-elle soulagée à Glentork dont le visage n'avait jamais été aussi proche du sien. Un peu décontenancée, Sally tenta d'apercevoir l'automobile. Je ne vois pas la voiture Jonathan!

— C'est parce qu'il n'y en a pas Sally! dit-il avec un léger sourire. À l'air soudain courroucé de la jeune femme, Glentork fit un pas de côté laissant à la vue de Sally la surprise qu'il lui avait réservée.

— Une moto? fit Sally.

— Non, un side-car Mademoiselle et pas n'importe lequel, celui de... bah, ça n'a pas d'importance! se ravisa Glentork. Sa voiture est morte.

— Mais la route, la poussière, ce sera…!

— Nous ferons un brin de toilette en arrivant, voilà tout!

— Eh bien, soit, merci! Ne perdons pas de temps! dit Sally.

Glentork s'installa au guidon, Sally dans le panier. En un coup de kick, le moteur s'activa. Ils ajustèrent leurs lunettes de motocyclistes. Quelques regards encore mi-clos cherchèrent le bruit. Dans leurs yeux brillants, on pouvait voir cette aurore bleue emmener un side-car, un aventurier et une guerrière sur les routes de sable et d'Egypte, celles du Caire et de leur destin.

À 10 heures et les trois quarts du chemin parcouru, l'équipage tenait bon. En dépit de la chaleur écrasante, l'air pulsé par les cinquante kilomètres-heure de l'engin fouettait les visages d'un semblant de fraicheur. Les embrins de sable leur rappelaient que ce pays se battait depuis des millénaires pour arracher au désert le souffle végétal de la vie, celui qui avait engendré une des civilisations les plus mystérieuses et fascinantes de toute l'histoire de l'humanité. Et les trous et bosses de cette route confirmaient aux fesses de Sally que ce désert ne s'avouerait jamais vaincu.

— Nous arrivons à Bilbéis! cria Jonathan. La moto a soif et moi aussi! Vous ça va? Ils se regardèrent brièvement. Sally porta sa main à ses lèvres empoussiérées. Elle avait soif, mais n'ouvrit pas la bouche de crainte que le sable ne l'assèche définitivement.

Ils firent arrêt en périphérie de la ville. Une petite échoppe-atelier exhibait en grand la possibilité de désaltérer hommes, bêtes et machines. L'oasis avait perdu ses charmes, comme leur chameau, son allure. C'était une oasis tout de même et leur chameau courait plus vite. Ils se mirent à l'ombre à l'arrière du garage.

— Il nous reste deux heures! Cela suffira-t-il Jonathan?

— Tenez, buvez! Glentork lui tendit une gourde d'eau. Si cela continue comme ça, nous aurons même de l'avance ma chère Sally.

Assise sur le côté de la selle, Sally buvait par petites gorgées pendant que le garçon de service remplissait le réservoir.

— Jonathan! dit-elle en levant les yeux. Lui debout à côté d'elle baissa les siens. Je voulais vous dire à quel point je vous suis reconnaissante. Ce que vous avez fait pour moi, pour nous depuis notre rencontre sur le port... c'est admirable! Comment pourrais-je vous remercier?

— Sally, ce que j'ai fait, je l'ai fait pour vous, pour vous seule. Je crois avoir deviné que vous et l'inspecteur êtes plus que des collègues. Mais par ce coquin de hasard, je me suis follement épris de vous. Sally raidit légèrement le regard. Je sais que je ne devrais pas vous dire tout cela. En parlant, il tentait de décrypter les expressions de Sally. Et croyez-moi même brisé de tristesse, j'accepterai votre choix. Mais... votre amour Sally me serait le plus enivrant des remerciements. Le garçon posa son estagnon, revissa le bouchon et tendit la main à l'Anglais en demandant sa monnaie. Sally resta muette, Glentork paya. L'épaisseur de leur silence rendait la chaleur au corps suffocante et le froid au cœur insupportable.

Glentork enjamba la moto. À nouveau installée, Sally posa la main sur l'avant-bras de son pilote.

— Je vous remercierai Jonathan, soyez-en certain! Laissez-moi le temps!

Ces quelques mots, même évasifs, rallumèrent un peu la flamme qui avait vacillé le temps d'une confession. Glentork s'apprêtait à démarrer quand ils entendirent une voiture s'arrêter de l'autre côté du garage. Elles étaient encore peu nombreuses, mais il n'était pas étonnant d'en voir s'arrêter à ce point de ravitaillement sur la voie principale reliant les deux grandes villes. Le side-car contourna l'atelier pour rejoindre la grand-route. En passant devant la voiture stationnée, Sally par pure curiosité, regarda dans sa direction.

— Foncez Jonathan, ils nous suivent! cria Sally. Glentork sans se retourner se fia aux cris de sa compagne de route. Il tourna la poignée des gaz jusqu'en butée. La machine souleva un nuage de poussière jaune et atteignit vite la route.

— Qui est-ce, bon sang? cria Glentork.
— C'est Lord Finley!
— Vous en êtes sûre?
— Certaine! Ils ont dû se douter en voyant ma chambre vide! Je pensais qu'ils mettraient plus de temps à réagir.
— Ils… qui ils?
— Il y avait le chauffeur et un autre homme assis à l'arrière à côté du Consul.
— C'était trop simple! maugréa Glentork crispé par cette nouvelle pression et tout de même effrité par la réponse floue de Sally à sa déclaration.

Les lunettes et casquettes des fuyards n'avaient pas trompé Lord Finley.

— Démarrez bon Dieu, suivez-les! ordonna-t-il au chauffeur. L'auto se mit en chasse du side-car dans la brume chaude des sables volants. Nous les arrêterons! assura le Consul à son voisin de siège.

— Dieu vous entende Lord Finley! répondit-il.
— Cela fait, nous aurons le grand privilège de voir le Testament d'Agakor. Avant même que la presse ne la relate, c'est le commissaire Perkins par ces alertes répétées qui m'a fait m'intéresser à cette histoire et en particulier à cet extraordinaire document. Quand j'ai su qu'on le présentait au Caire, je me suis arrangé pour être des invités. Ça n'a pas été difficile dans ma position.

— N'auriez-vous pas dû le dire à Miss Wood?
— Vous plaisantez! Elle a déjà fait assez de problèmes. Je ne pouvais pas me douter qu'elle enfreindrait encore les ordres, la diablesse! Mais nous ferons d'une pierre deux coups : la neutraliser et surtout être présent à cet événement

exceptionnel dans l'histoire de l'humanité. Qu'en dites-vous Tomsburry? Les calmants font de l'effet je vois!

— La douleur n'est pas un problème Lord Finley! J'espère seulement que votre idée fonctionne.

— Si Miss Wood vous est attachée, comme cela semble être le cas, en vous voyant, elle devrait renoncer à jouer les héroïnes. Si Vilmor ou cette Miss Austin tentent réellement le vol et que votre amie cherche à s'interposer, le pire est à craindre pour elle.

Soixante kilomètres de la Desert road les séparaient encore du Musée Egyptien. Ils donnaient l'avantage au side-car. La voiture ne parvenait pas à combler le retard. Lord Finley se rendait compte qu'il faudrait agir une fois arrivé. Peter espérait de tout son cœur qu'il pourrait agir, une fois arrivé. Le panache de poussière de leur cible leur était visible, mais l'écart se creusait. Sally et Glentork surveillaient leurs arrières. Le brouillard de sable qu'ils levaient ne laissait que rarement la vision sur leurs poursuivants. La volonté de leur échapper leur permit d'entrer au Caire bien avant midi.

Après quelques fausses pistes, ils aperçurent le Musée Egyptien. Ils choisirent de garer l'engin à quelques rues, dans une arrière-cour abandonnée où personne ne viendrait fouiller. Débarrassés des couvre-chefs et lunettes, ils trouvèrent, contre quelques piastres, à se refaire une tenue acceptable. Ils approchèrent du quartier du Musée. Hormis les barrières et postes de contrôle, Glentork remarqua immédiatement les policiers en civil à leur attitude trop visible à scruter la foule. Sally fit remarquer la voiture qui arrivait devant l'entrée principale. Ils l'observèrent. Elle stoppa. Lord Finley en descendit à droite. Puis, curieuse de découvrir qui pouvait être l'autre homme, Sally eut une bouffée d'émotion.

— Mais... c'est Peter! s'exclama-t-elle un peu plus fort qu'elle ne l'aurait souhaité.

— Venez! dit Glentork en la tirant en arrière par l'épaule. Nous ne pourrons pas passer par là!

Ils marchèrent le plus sereinement possible en feignant de s'intéresser aux tissus, épices et autres bibelots que les rues marchandes offraient à voir.

— Mais que fait-il ici? pensa Sally à haute voix.

— Je n'ai pas à m'en mêler, mais on dirait qu'il se remet plutôt facilement votre Peter! appuya Glentork. Ils prirent une ruelle qui contournait le Musée.

— Il me cherche, c'est certain!

— Croyez-vous? Peut-être est-ce autre chose ou quelqu'un d'autre qu'il cherche?

— Que voulez-vous dire?

— Quand vous m'avez dit qu'il savait que cette femme, Miss Austin, devait commettre le vol pour Vilmor, je me suis demandé comment un prisonnier enfermé, malmené au fond de sa cale avait pu accéder à ce genre d'information… plutôt secrète, ne trouvez-vous pas?

— Il me l'a dit… c'est Vilmor lui-même qui l'a mis au courant! Où voulez-vous en venir Jonathan, je ne comprends pas!

— Un voleur qui donne toutes les clés d'un hold-up à la police, allons… ça ne tient pas!

— Vilmor a dû se dire que Peter ne pourrait jamais s'en sortir… par cynisme, je ne sais pas… par provocation!

Glentork s'arrêta de marcher et prit Sally par les épaules en la regardant dans les yeux.

— Sally, vous qui êtes d'ordinaire si sagace, ne vous laissez pas aveugler par vos sentiments. Voyez les choses en face! Cet homme ne peut qu'être de mèche avec la voleuse. Elle sera l'appât, la police concentrée sur elle, il faut bien quelqu'un pour le vol. Et quelqu'un dont personne ne se méfie : un inspecteur, blessé qui plus est. C'est très fort!

— Non, vous vous trompez, ce n'est pas possible! dit Sally

rejetant tout de même de moins en moins cette possibilité. Peut-être le forcent-ils à le faire?

— Et par quel moyen? Il est sauf et en sécurité depuis que la mission de Lord Finley l'avait trouvé sur l'Apocalia.

— Mais...!

— Venez, nous avons un Testament à sauver!

25

Lord Finley et Peter entrèrent avant tout le monde. Ils avaient prévenu de leur arrivée. Le conservateur du musée qui avait suivi l'affaire dans la presse les accueillit avec la plus grande déférence et les conduisit auprès du professeur Philright.

En traversant l'immense hall, Lord Finley, pour qui ce lieu n'avait plus de secrets, se mit en devoir de commenter avec précision là une statue, là une stèle, là encore cet objet d'art ou la statue colossale du pharaon Amenhotep III et de la reine Tiyi. Mais Peter n'écoutait pas, il ne pouvait pas. Il pénétrait au cœur d'un univers prodigieux et obscur, au-delà de son entendement. Il recevait les visions défilantes de cinq mille ans d'histoire, d'énigmes, de grandeur, de complots et d'amour. Il n'en respirait presque plus. Les bâtisseurs, les sculpteurs de ce monde éteint avaient défié les empires et les savoirs de leur temps et du nôtre. Peter avançait entre ces joyaux. Il se figurait, entendait les mots d'une reine à son époux, les coups de la pierre sur la pierre, les fouets aux esclaves comme le froissement de la soie glissant sur les hanches d'une favorite. Il ressentait chaque mystère de cette civilisation comme une fenêtre sur l'inconcevable, le surprenant, le magique. Ses premiers pas dans l'univers des dieux ne touchaient plus notre sol. L'inspecteur Tomsburry voyait mourir ses certitudes. Plus rien ne pourrait être comme avant. Depuis dix minutes, il avait franchi une porte à sens unique. Parvenu au seuil de l'explicable et de l'esprit, il laissa son âme prendre les commandes. Elle l'emportait entre les étoiles et les demi-dieux. Son existence, son corps, tout ce qu'il pensait être se disloquaient en milliard de molécules. Elles fusaient entre les astres et s'en allaient à leur tour construire un autre monde, un autre Peter, un autre Londres, une autre vie. Dans les visages des déesses aux yeux noirs, il voyait celle à qui il voulait consacrer ses intentions, ses offrandes, offrir son amour et sa vie. Il la savait proche, il la savait en danger. Cette pensée et l'entrée dans une salle en pleine lumière le ramenèrent subitement à l'actualité.

— Inspecteur Peter Tomsburry, enfin nous nous rencontrons!

Le professeur Philright, barbe et cheveux crépus gris, une petite bedaine contenue dans un trois pièces de tweed marron sombre, portait à merveille le nœud papillon qui garnissait volontiers le cou des têtes les plus éminentes.

— Professeur… heureux de vous voir et.. sain et sauf! dit Peter cachant une certaine amertume en pensant à cette fausse disparition, même s'il en comprenait les raisons.

— Mais dites-moi, votre collègue Miss Wood n'est pas avec vous?

— Et bien, non! c'est-à-dire que…! hésita Peter.

— Elle est en mission! coupa Lord Finley. Elle ne pourra hélas se joindre à nous. Peter toisa le Consul, mais finit par penser que c'était la meilleure réponse.

— Le service d'abord… admirable! reprit le professeur. Je sais que vous avez bravé de grands dangers et traversé de pénibles épreuves pour venir à mon secours. Sachez que je vous en serai éternellement reconnaissant, cher inspecteur, cher Peter. Le professeur serrait généreusement à deux mains celle de l'inspecteur. Peter lut dans le regard de cet homme humble autant d'admiration dévouée qu'une gratitude pleine et sincère.

— Oui, il est bon de savoir que Sa Majesté peut compter sur des sujets courageux et dignes de confiance! dit Lord Finley désireux d'associer la Couronne à ce succès.

— Le Roi George peut en effet en être fier et satisfait! ajouta le professeur. Inspecteur, votre présence ici, en ce jour historique est pour moi une joie intense et je vous serai à jamais votre obligé. Le professeur fit un pas de côté laissant approcher son collègue et ami. Lord Finley, inspecteur, permettez-moi de vous présenter mon ami et grand érudit, Maître Adil Âbha. Le Testament d'Agakor nous a révélé ses secrets grâce à son infinie connaissance des langues anciennes. Et de plus, sans vous mon ami, Zachary Vilmor nous aurait sans doute privés de cet immense trésor! dit-il en se tournant vers le Maître. Le Maître Adil Abhâ s'approcha d'eux, les salua d'une subtile inclinaison de la tête. Entre le turban et le sari d'un blanc pur aux fins reflets de soie, la peau brune et mate de son visage émacié donnait à ses yeux noirs une vibration charismique qui toucha Peter. Avec un regard empreint d'admiration, le Maître s'adressa à lui d'abord.

— Être au service des autres et de l'humanité, n'est-ce pas le sens de toute vie ? Il se tourna ensuite vers le professeur Philright. Conserver au secret cet admirable document a été pour moi un honneur dont vous cher Henry m'avez gratifié avec la plus belle des confiances. Je vous en suis très reconnaissant mon très cher ami. Vous m'avez donné là l'occasion de contribuer à la libération des êtres et des oppressions idéologiques qu'ils subissent de toutes parts. Il regarda Lord Finley. Souhaitons que le Testament d'Agakor et son message universel puissent remettre les hommes et les nations à leurs justes places.

— Certes! fit sobrement le Consul qui avait capté et

moyennement apprécié l'allusion. Les invités vont entrer, serait-il possible d'admirer le Testament? demanda-t-il impatient et surtout refusant de poursuivre sur le terrain de la souveraineté britannique en Inde et sur les courants d'indépendance qui commençaient à la fissurer. Ils se déplacèrent dans la pièce adjacente fortement gardée.

— Nous aurions aimé vous le montrer en primeur. Mais comme vous le voyez, il est sous ce drap parfaitement arrangé. Accroché à ce câble, il volera d'un trait afin de créer la surprise lors de la présentation. Le professeur s'amusa de cette petite mise en scène théâtrale concédée au sérieux de l'événement.

— Pardonnez-moi professeur! intervint Peter, nous suspectons que le Dr Vilmor tente un coup d'éclat. Le vol pourrait être commis par une femme à sa solde.

— Merci de votre prévenance inspecteur! Mais comment, avec un tel dispositif de sécurité, pourrait-elle s'emparer du Testament qui de plus est bien à l'abri dans sa cage d'un épais verre blindé? Non, nous pouvons être tranquilles, il ne peut rien arriver. Prenez place mes amis, nous allons commencer!

Le professeur Philright et le Maître Adil Abhâ gagnèrent l'estrade où une colonne de marbre supportait le cube drapé et son précieux locataire. Le directeur fit signe qu'on ouvrît les portes à la centaine d'invités finement triés pour l'occasion.

26

Sally ne savait plus. Elle avançait machinalement au côté de Glentork. Son esprit se distendait. Elle cherchait à débusquer un indice de culpabilité de Peter dans chaque moment de leur brève, mais si intense histoire. Rien, elle ne voyait rien. Elle finit par penser qu'il devait être un comédien remarquable, abject, mais remarquable. Et elle, une sotte perdue dans ses rêves de petite fille prétentieuse à vouloir une autre vie. Ils gagnèrent l'arrière du bâtiment. Le quai de chargement des œuvres était scellé par une large porte de fer. Quatre hommes en uniformes la gardaient. En ce jour exceptionnel, tous les transferts d'œuvres étaient suspendus.

— Nous n'entrerons jamais, c'est un bunker! dit Sally qui réfléchit. Mais pourquoi entrer?

— Je ne vous suis pas! dit Glentork inspectant la façade à la recherche d'une faille. Nous n'avons pas fait tout ce chemin pour rien?

— À l'intérieur, qu'il y ait vol ou non, on nous empêchera d'agir. Nous ne pourrons pas échapper à la sécurité. Non, restons à l'extérieur et attendons simplement que le voleur sorte. Si c'est Vilmor ou Peter, ce que je ne crois toujours pas, nous les reconnaîtrons. Il faudrait savoir à quoi ressemble cette Miss Austin. D'après Peter, c'est une belle femme! Vous ne l'auriez pas vue à proximité de Vilmor, vous qui travaillez pour lui? dit-elle un brin acerbe, lui reprochant silencieusement son doute quant à Peter.

— À cette réception, des belles femmes il y en aura quelques-unes, j'imagine! dit simplement Glentork. Il aurait voulu se défendre mieux, mais il craignit que Sally ne décelât son mensonge s'il avait prononcé un seul mot de plus.

— Mais parmi elles, la voleuse aura forcément un changement de comportement, aussi minime soit-il! À nous d'observer! Vous ne l'avez donc jamais vue? insista Sally. Il plissa les lèvres et fit non de la tête.

Il était midi. On ouvrit les portes aux officiels britanniques, égyptiens et soudanais, aux scientifiques choisis, aux politiques locaux, aux journalistes. Conscients du privilège qu'ils vivaient, ils formaient un chapelet docile s'égrainant de la place Tahrir à l'escalier de l'entrée. Ils pénétraient dans le saint des saints au rythme atone des contrôles d'identité. Sally s'était placée juste en face, à l'abri des regards, à l'ombre d'un palmier presque ensablé. De là, elle pouvait contrôler les allées et venues de l'accès principal et de l'aile gauche du bâtiment. Glentork se chargeait de l'arrière et du côté droit.

En une demi-heure, les agents de sécurité avaient restreint le périmètre d'action et la vie de la cité avait repris ses droits aux abords du musée. Sally se sentait encore moins repérable dans la frénésie des marchands, des charrettes et des quelques rares automobiles qui déambulaient entre elle et le bâtiment.

Tout en restant attentive aux sorties suspectes, elle replongea dans les suspicions de Glentork. Il se disait que si Peter voulait voler le Testament, il avait vraiment bien mené son affaire. Toute cette aventure le rendait au-dessus de tout soupçon. Inqualifiable sûrement, mais d'une intelligence extrême. Sally en ressentit de l'admiration qu'elle jugea coupable. Pourtant cela l'attirait encore plus vers cet homme et le mystère qu'elle lui prêtait maintenant. Elle le vit soudain comme un défi à relever.

Devant l'entrée, les six hommes de garde tenaient leur poste. Sally remarqua deux policiers en uniforme déboucher de l'angle droit du bâtiment en marchant lentement. Ils s'affranchissaient sans grande conviction de leur ronde de surveillance. Ils saluèrent de loin leurs collègues de la porte qui répondirent par des signes de mains. Sally se demanda à quoi ils pouvaient bien servir si proche d'un accès déjà bien sécurisé. Elle n'y prêta plus trop attention jusqu'à un détail qui l'intrigua. La démarche d'un des hommes lui rappelait vaguement quelqu'un, une situation. Elle fixa son attention sur l'étrange rigidité du torse, comme si on avait soudé les vertèbres entre elles. Sally tamponna son œil que les poussières de sable gênaient. L'homme releva la tête. Sous son képi, ses lèvres proéminentes allumèrent la mémoire de Sally. « Vilmor! » confirma-t-elle. Cette preuve de l'action qui se tramait à l'intérieur la conforta. Elle avait fait le bon choix. Le scélérat était là pour récupérer le colis volé par son complice. Fût-ce Miss Austin ou Peter, il fallait intercepter la livraison et empêcher Vilmor d'emporter le Testament. Jonathan lui serait d'un grand secours. Aussi décida-t-elle de retourner le chercher. En longeant les immeubles, elle se mêla à la foule revenue animer la place. Arrivée à l'arrière du musée, il chercha l'Anglais. Des arbres masquaient une partie du centre de la façade. Les gardes postés aux angles depuis le matin semblaient relâcher leur attention. Ils ne voyaient manifestement plus de danger et observaient à plaisir la foule trépidante autour d'eux. Sally en profita pour se glisser dans le fourré épais. Elle faillit crier quand son pied buta sur un corps étendu. Bâillonné, attaché au tronc, en sous-vêtements, il ne pouvait s'agir que du troisième policier que l'on avait dépouillé. L'agresseur ne pouvait être que Glentork. Pourquoi? Avait-il vu quelque chose l'incitant à vouloir agir de l'intérieur sans avoir le temps de la prévenir? L'avait-il aidée uniquement pour être là et voler le Testament à son propre compte? Auquel cas, il ressortirait sans doute de ce côté-ci. Quoiqu'il en fût, elle devait savoir. Elle chercha une entrée le long des quelques mètres de façade cachée par les arbres. Une grille attira soudain son regard. Elle se détachait nettement. Le sable qui avait recouvert son pourtour avait été nettoyé et laissait apparaître des bords nets. Elle agrippa les barreaux, tira d'un coup. La grille déplacée ouvrait sur un conduit assez large pour un homme… « … et donc une femme! », se dit Sally. Elle replaça la grille avant de s'engager dans le canal.

27

L'assemblée trépignante se formait peu à peu dans la grande salle. Chacun prenait le siège qui lui était attribué. En gagnant leur place, les invités gardaient le regard fixe sur le cône de tissu qui trônait en face d'eux. Sur l'estrade, le directeur, le professeur Philright et le Maître Adil Abhâ conversaient en observant de temps à autre l'auditoire s'installer. Quelques minutes suffirent. On ferma les grandes portes, le directeur s'avança. Il salua les représentants politiques, les membres de la presse et tous les invités.

— C'est un jour exceptionnel pour notre musée! poursuivit-il. L'honneur que vous nous faites professeur Philright et vous Maître Abhâ en choisissant notre belle institution pour cet événement totalement extraordinaire, est à la hauteur de la responsabilité que nous nous engageons à assumer envers votre formidable découverte : le Testament d'Agakor. Selon votre désir, non seulement notre musée accueille cette journée historique, mais il lui est également confié la conservation à demeure de ce document unique dans l'histoire de l'humanité. Cher professeur, cher Maître, trouvez ici l'expression de notre plus profonde reconnaissance et soyez sûrs que nous saurons nous montrer dignes d'un tel honneur. Chers invités, je ne vous fais pas languir plus longtemps. Je passe la parole au professeur Henry Philright.

En s'approchant, le professeur posa un instant la main sur le drap comme pour ressentir la vibration du Testament, puis s'adressa à l'assemblée.

— Chers invités, lorsqu'il y a plus de trente ans, j'ai commencé mes recherches archéologiques au Sud-Soudan, je ne me serais jamais douté que le destin ou le hasard s'il existe, me mettrait un jour sur la piste d'une pareille découverte. Nous n'avons pas le temps ici d'aborder tous les détails, notre livre est là pour ça. Voici tout de même à grands traits, le résumé de cette journée historique.

C'était il y a trois ans, lors de ma neuvième mission dans ces territoires. C'était un camp restreint. Nous n'étions que moi et trois aides mis à disposition par le gouvernement soudanais que je remercie au passage. Nous étions là pour un mois. Avant nous, une mission anthropologique y avait passé quelques semaines à la recherche des origines de la race humaine. Ce jour-là, fait exceptionnel, il avait plu sur la province d'Agakor. Nos fouilles s'en trouvaient interrompues. Les toiles qui d'ordinaire nous protégeaient du soleil devenaient des gouttières. Des rivières tombaient sur la terre sèche des flancs de la fosse. En pelletant pour éviter qu'elle ne se remplisse, j'ai soudain buté contre une roche. Je me suis rendu compte que le bruit n'était pas ordinaire, il y avait comme une résonnance, c'était très inhabituel. Il nous a fallu le reste de la journée pour dégager ce qui ressemblait à une dalle brute mise en forme certes, mais sans ostentation comme si on avait voulu la rendre invisible parmi les autres pierres. En fait, c'était un petit sarcophage scellé. Je ne l'ai ouvert qu'à mon retour à Port Soudan. Ce que vous allez découvrir aujourd'hui va vous faire vivre mieux que mes mots, ce que j'ai ressenti ce jour-là. Comme nous ne savions pas ce que cela pouvait être, nous avons décidé de garder le secret le plus total jusqu'à ce que nous en sachions plus. Les années qui ont suivi ont été consacrées au décryptage du document. Chose qui n'aurait pas été possible sans l'immense connaissance de mon très cher et éminent ami, Maître Adil Abhâ à qui je cède maintenant la parole.

Les applaudissements fusèrent. On pouvait sentir l'excitation montée. Le Maître s'approcha du cône de tissus, resta un instant en méditation, puis se tourna vers le public.

— Merci, cher ami! Vous êtes un conteur hors pair, nous y étions! dit-il en regardant le professeur avec une admiration teintée de gratitude. Mesdames et messieurs, n'y voyez aucune fausse modestie de ma part, mais ma contribution à porter ce document exceptionnel à la connaissance de l'humanité est un don de Dieu. Le mérite ne m'en revient donc pas entièrement. Je veux dire que nous sommes tous, ou devrions l'être, par notre travail, nos compétences, des instruments au service du plan divin. Par ce qu'il nous dit, ce Testament et les êtres qui l'ont rédigé l'étaient aussi et le sont encore grâce à ce témoignage qui nous parvient aujourd'hui. Alors, que nous révèle ce texte datant de plus 25 000 ans? Les Agaks étaient un peuple pacifique et ingénieux. Selon les textes — et je sais que cela va bousculer tout ce que l'on pense savoir sur notre histoire — les Agaks possédaient LA connaissance. Cela comprenait, toujours selon le Testament, la maîtrise de phénomènes qui échappent à notre compréhension comme la transmutation ou la lévitation. Les métaux purs ou en alliage leur étaient parfaitement connus. D'autres approches que je qualifierais de techniques sont expliquées dans notre livre. Au-delà de ces étonnantes révélations, ce qui me paraît essentiel dans ce témoignage unique sont les considérations éthiques et philosophiques de ce peuple si avancé. Je me permets d'en citer quelques extraits.

« *De l'heure où tu viendras au soir qui t'emmènera, juste tu seras. Ici rien n'est à toi, car tout est pour toi. Nul besoin de posséder ce que tu reçois. Gratitude en cœur est habitude de mœurs. Nul trésor sous la stèle gardée n'est or de communauté. L'air, l'eau, la terre te sont loués. À les remettre purs il te faut œuvrer. »*

Ou parlant d'organisation de société…

« *Le fort sert le faible. Sans te soumettre, comprends nos Harmonies. Aime et sourit en lucide. Le Mal toujours s'exerce. Le Bien ton glaive loin le maintien.* »

Je m'arrête là. Je vous invite à découvrir l'immense richesse de ces textes. Mais ce qui fait du Testament d'Agakor la révélation absolue est inscrit dans les dernières lignes du manuscrit. Avant de vous les citer, plaçons le contexte si vous le voulez bien.

Sans que ce soit vraiment indiqué, on peut, par recoupements et déductions, penser que les Agaks étaient là depuis plusieurs millénaires. Après cette longue période de calme et d'abondance, une scission s'est apparemment opérée. Les raisons restent obscures. Il est seulement dit que les « Apocalytes », une faction dissidente, s'arrogèrent le pouvoir et semèrent chaos, terreur, épidémies, guerres et famines. Au point que la société en place décida d'envoyer des éclaireurs à la recherche d'un autre monde habitable. On leur confia les « Harmonies » comme un lègue fondateur à la future colonie. En partant, ils laissèrent cet incroyable message :

« *Ne craignez pas, tenez vos glaives. Un nouveau monde bientôt sera. Ainsi fait, viendrons vous prendre. Toujours le Bien alors restera.* »

Cette prédiction, cette promesse rappelle celles des grandes religions n'est-pas ? Face à ce que nous vivons, nos guerres, nos épidémies, nos peurs, nos petites lâchetés, nos manques d'amour, face à l'entortillement intellectuel et mental que nous imposent peu à peu la consommation qui donne des joies vides qu'il faut sans cesse combler, face au divertissement qui nous endort et fait de nous des êtres de somme… intéressant double sens, releva le Maître… le Testament d'Agakor s'il apporte un saisissant témoignage technologique sur une civilisation passée, vient non pas supplanté les promesses des grandes religions, mais vient apporter une preuve de ces avènements à nous qui manquons tant de foi.

Un silence interdit plombait la salle. Septiques ou adhérents retenaient mots et gestes. Constatant le manque de réaction à ce discours, le professeur s'empressa de reprendre la parole.

— Merci cher ami, cher Maître pour cet édifiant résumé ! Chers invités, permettez-nous de vous présenter le document le plus important de l'histoire de l'humanité jamais découvert. Il tira sur le câble, le drap se souleva. Mesdames et Messieurs… le Testament d'Agakor !

Tous se levèrent dans un fulgurant applaudissement qui semblât ne jamais vouloir s'éteindre. Après de longues minutes, les mains claquantes firent place à une rumeur grouillante qui s'approcha pour admirer le trésor exhumé.

28

Chacun des invités eut la joie de contempler à souhait le Testament. Les yeux et le cœur émerveillés par cette révélation d'un absolu, d'une victoire du Bien sans équivoque, ils rejoignaient ensuite la sortie tour à tour hébétés, transformés, intrigués, sceptiques ou convaincus que le monde ne serait jamais plus comme avant.

Les derniers convives quittaient la salle. Sous l'attention du professeur, de Maître Abhâ, de Peter et du Consul, les chargés de la conservation des œuvres transférèrent le Testament de sa cage de verre à une valise de transport en métal gris qu'ils placèrent sur un chariot. Avant qu'il soit exposé au grand public, le document devait encore subir nombre de traitements, copies et analyses. Pour l'heure, on l'emmenait dans la chambre forte au sous-sol du musée. Un lieu infranchissable par ses murs de deux mètres en béton armé, par son dédale barré de trois portes en acier massif de quatre-vingts centimètres à ouverture mécanique codée. La salle était gardée vingt-quatre heures sur vingt-quatre par une section d'hommes en armes relayés toutes les deux heures. Une fois dans sa résidence de haute sécurité, une œuvre pouvait dormir en paix.

— J'agirai pendant le transfert! avait dit Alexa Austin à

Vilmor trois jours plus tôt.

— Et comment ferez-vous cela?

— Je m'arrangerai pour me cacher à l'intérieur. Au moment où ils franchiront la porte de la salle, trois bombes soporifiques dont l'explosion est quasiment inaudible se chargeront de nettoyer les lieux. Je vous lancerai la mallette par la fenêtre sous laquelle vous serez avec Verso… ici! Elle avait posé son index sur le plan du musée étalé devant eux.

— Cela me paraît jouable! Et comment compter vous sortir? avait demandé Vilmor.

— Par la porte principale. Je tituberai jouant une des victimes du gaz. Dans le chaos, personne ne songera à vérifier mon identité.

— Bien, Miss Austin! Cette dernière collaboration entre nous vous sera payée comme vous le méritez. Convenez du rendez-vous avec Verso, il aura l'argent! avait-il dit en regardant son homme de main.

— Je veux cent mille dollars! dit Miss Austin.

— Mais chère Alexa, nous avions parlé de cinquante mille? avait répondu Vilmor cachant mal son irritation.

— C'était avant de savoir ce que j'allais devoir voler pour vous!

— Belle et femme d'affaires! Et bien soit, c'est vrai que ça les vaut. Vous les aurez. Alexa Austin avait alors pris congé. Belle, femme d'affaires et… stupide! avait conclu Vilmor un sourire vague adressé à Verso.

Le silence était presque total dans la grande salle. Durant l'opération de transfert, personne ne trouvait quoi que ce soit à dire. Personne ne s'autorisait à briser ce moment : l'hommage muet de quelques humains au vénérable témoignage d'un grand peuple du passé.

De sa cachette, Alexa Austin observait la scène par une fente de boiserie. Quelques jours auparavant, lors d'une visite du musée, elle avait repéré le petit réduit enchâssé sous le grand escalier, il donnait accès aux pièces techniques au sous-sol. Les commandes des chauffage, eau, électricité et ventilation y étaient réunies. Certaine qu'il n'y aurait pas d'entretien un jour pareil et que tout accès extérieur serait gardé, Miss Austin avait fait le pari de n'y rencontrer personne. Accaparée par le suivi des événements en cours dans la salle, elle ne prêta pas attention au grincement juste derrière elle. Un vieil escalier, ça craque toute sa vie.

— Miss Austin! Vous ici? dit une voix étouffée.

Alexa frissonna en retenant un cri! Elle se retourna.

— Mr Glentork? Mais qu'est-ce que vous faites là? dit-elle entre la crainte d'avoir été découverte et un sentiment vague de ne rien risquer de cet aventurier.

— Eh bien je crois que…. la même chose que vous Alexa Austin! dit Glentork sur un ton taquin. Alors, où en sont-ils?

— Mais pour qui travaillez-vous?

— Pour personne… pour moi-même! L'indépendance comporte de grands avantages voyez-vous! Ce Testament d'Agakor va valoir toutes les fortunes du monde sur le marché. Pourquoi partager?

— Jonathan, je ne vous laisserai pas faire. Si je n'apporte pas le document à mon commanditaire, il me tuera. Il vous poursuivra et ce sera votre tour croyez-moi. La cupidité de cet homme est à l'inverse de sa pitié.

— Votre commanditaire… la police va le coffrer, ce n'est qu'une question de temps.

— Vous le connaissez? interrogea Alexa interdite.

— Oubliez Vilmor! Il ne sera bientôt plus en mesure de nuire à qui que ce soit.

— Comment vous ferais-je confiance vous qui avez décliné mon invitation pour aller retrouver une femme à Port-Saïd?

— Alexa, dit Glentork en la regardant intensément, c'est peut-être soudain, mais dès que je vous ai vue sur le Queen Africa, je suis tombé fou de vous. Elle, ce n'était personne, je vous expliquerai tout.

— Pourrais-je vous croire? dit-elle touchée. En fait, je veux vous croire Jonathan! Leurs yeux avaient du mal à se délier, mais Glentork finit par regarder au travers de la fente, Alexa fit de même.

— Le chariot est prêt! dit-il en captant l'attention de la jeune femme. Faisons équipe! Je n'avais aucune intention de partager, mais avec vous Alexa, je pourrais partager ma vie et tout le reste. Alexa prit un léger temps de réflexion.

— Je donnerai le change. La mallette que je lancerai à Vilmor sera vide. Ça nous laissera le temps de fuir. J'aurai le Testament sur moi. Il va falloir retenir votre souffle, le gaz est très efficace.

Dans l'émoi des sentiments échangés, ils se préparèrent à l'assaut. Il lancerait les bombes et surveillerait les alentours, elle s'occuperait de la mallette et du Testament. Ils s'extrayèrent discrètement du réduit et se postèrent derrière un des énormes massifs de plantes vertes qui décoraient le grand couloir.

Se déplaçant dans le conduit comme un chat à l'affût, Sally était parvenue dans la salle technique. Une mince cloison la séparait du petit réduit. Elle avait éteint sa respiration, suivi les chuchotements, tout capté de cet homme providentiel, ce mystérieux charmeur opportuniste, ce flagorneur au cœur balancier. Mais Sally ne lui en voulait pas. En dépit de ses dernières manoeuvres peu louables, il les avait réellement aidés. Elle savait Peter innocent maintenant et somme toute, bien que mut par sa cupidité, Jonathan Glentork l'avait conduite ici au cœur de son destin. Elle devait pourtant lui barrer la route.

Le chariot se mit en mouvement. On aurait dit le convoi funèbre d'une haute personnalité avec son corbillard roulant, son cercueil clinquant, ses porteurs, ses membres de famille et ses amis. Le cortège allait passer la porte de la salle quand

Glentork lança d'affilée les trois bombes autour du chariot créant ainsi un périmètre de fumée et de sommeil forcé. En quelques secondes les premiers hommes s'affaissèrent sans pouvoir réagir. Le reste de la cohorte restée en arrière mit un court temps supplémentaire pour tomber inerte. Peter se souvint immédiatement de l'expérience avec Sally dans le bureau du professeur. Il porta son coude à son nez et courut en arrière vers une fenêtre qu'il ouvrit en hâte. Il se dissimula derrière les lourds rideaux carmin, sortit son grand mouchoir qu'il noua derrière la tête tant bien que mal, avec son bras en écharpe. Protégé des effets du gaz, il tenta d'observer la scène dans l'épais brouillard soporifique. Il dégaina son arme, mais sans vision claire des cibles, il ne pouvait tirer. Miss Austin courut vers le chariot, trouva vite les clés sur un des gardes, ouvrit la mallette, roula le Testament et tenta de le glisser à l'intérieur de sa veste. Quelque chose, un pli, la découpe du vêtement empêchait l'opération. Glentork s'approcha en scrutant autour d'eux. Ils allaient très vite devoir respirer. Alexa ne parvenait toujours pas à ranger le document. Glentork le lui prit des mains et lui fit signe de continuer leur plan. Peter vit la femme prendre la mallette et courir vers le couloir qu'il ne voyait pas. Glentork garda le Testament à la main et se dirigea vers le réduit. Peter, pour le rattraper, courut aussi vite que sa blessure et le gaz en suspension le lui permirent. Arrivé à la porte donnant sur le couloir, il vit Miss Austin jeter la mallette par la fenêtre. À peine son geste accompli, un coup de feu se fit entendre. Glentork regarda dans la direction du bruit. Il vit Alexa s'affaler sur le rebord de la fenêtre et glisser au sol. Il dut retenir son cri d'affliction. Rien ne devait trahir sa présence. Le cœur occis et à la gorge la souffrance du choix horrible qu'il devait faire, il choisit la fuite en voyant Peter, arme au poing, sortir de la salle dans sa direction. Il allait s'engouffrer dans le réduit et semer l'inspecteur quand la petite porte s'abattit violemment sur sa tête penchée en avant. Sonné, il prit une trop grande inspiration qui accéléra son voyage vers l'inconscience. Il s'écroula. Peter vit la porte se rouvrir lentement. Il la tenait en joue.

— Bonjour Peter Tomsburry! fit la voix étouffée par un chiffon bien trop grand qui lui emballait toute la tête. Le gaz se dissipait poussé par le courant d'air des deux fenêtres ouvertes. Des policiers arrivaient en courant.

— Bonjour Sally Wood! dit Peter son arme toujours braquée sur elle. Encore derrière une porte! sourit-il. Sally se pencha sur Glentork, prit le Testament et avança vers Peter.

— Et vous de l'autre côté! sourit-elle à son tour. Vous avez perdu quelque chose, je crois! lui dit-elle en lui tendant le précieux document d'une main, de l'autre, lâcha son turban protecteur. Son visage apparu à Peter comme il ne l'avait jamais vu. Leurs yeux ne voyaient que leur âme qui grandissait déjà dans celle de l'autre. Peter lui prit la main. Les hommes de la sécurité parfaitement au courant de leur aventure les reconnurent tout de suite. Sous l'ordre de Peter, ils s'occupèrent des hommes gazés qui commençaient à revenir à eux. Un autre menotta Glentork encore inconscient. Sortis de leur émotion, Sally et Peter se portèrent au chevet de Miss Austin. Un policier lui soutenait la tête. Sally s'agenouilla et prit la main d'Alexa dont le pouls s'étiolait à chaque battement.

— J'aurais tellement voulu… murmura-t-elle!

— Chuuut… ne dites rien, on va vous emmener à l'hôpital! dit Sally consciente que cela ne servirait à rien. Elle regarda Peter. Ils étaient impuissants face à cette vie qui s'en allait.

— Vilmor… il doit payer! dit faiblement Alexa.

— Il ne s'en tirera pas, je vous le jure! promit Sally.

— Dites à… Jonath… que je l'…!

Sally, le cœur étreint, ferma les beaux yeux d'Alexa Austin. Autorisés par Peter, les brancardiers du service sanitaire emmenèrent le corps.

— Inspecteur Tomsburry! héla une voix haletante. Un garde s'arrêta essoufflé. Des faux policiers… ils ont tiré sur la femme, on les a vus… ils sont partis avec la mallette… une voiture au coin de la rue… on n'a pas pu les rattraper!

— C'est Vilmor! dit Sally.

— Sans doute, mais comment en être certains! dit Peter.

— Je l'ai vu et bien reconnu, je surveillais l'entrée tout à l'heure!

Peter était admiratif. Comme l'avait dit le professeur Philright, Sally était aussi devenue « sa collègue ». Le Testament toujours à la main, il s'approcha d'elle.

— Au fait… je voulais vous dire… bon anniversaire Sally!

— Oh Peter… vous y avez pensé!

— Je connais votre dossier Miss Wood! Vous avez bien choisi votre jour!

— De celui-ci, je m'en souviendrai, je crois! dit-elle dans un sourire contenu.

— J'ai un petit quelque chose pour vous! Peter lui présenta le Testament. C'est à vous, je pense!

Sally reprit sans hâte le Testament dans ses mains. Cette reconnaissance et cet amour que Peter lui offrait, les tensions relâchées mêlées de fatigue lui firent sortir les larmes qui lui restaient. Peter la prit dans ses bras.

— C'est une catastrophe planétaire! gémit le professeur que l'on avait assis sur une chaise. Le Maître Abhâ et Lord Finley reprenaient leurs esprits. En les entendant, Peter et Sally retournèrent dans la salle auprès d'eux.

— Professeur! dit Peter. Henry Philright dépité leva péniblement le regard. Nous trouverons bien le moyen de remplacer la mallette volée!

— Vous parlerez quand le gaz vous aura quitté, mon ami!

— Miss Wood est rentrée de sa mission, reprit Peter, elle a quelque chose pour vous.

Sally sortit du dos de Peter et présenta avec noblesse et déférence le Testament sauvé au professeur devant les yeux ébahis de Lord Finley, de Maître Abhâ, du directeur du Musée et de tous les hommes et policiers présents.

— Mais… c'est…! articula tant bien que mal le professeur. Les mots mourraient aux bords de ses lèvres tremblantes noyées de larmes anciennes qu'il gardait pour les grandes occasions.

— Sally, Peter… le monde entier vous doit… la vie désormais! sanglota le professeur. Oubliant les usages et le protocole, il serra Sally dans ses bras un temps qui paru une éternité à Peter. Subitement conscient de son incartade un peu trop familière, il relâcha son étreinte, rajusta d'une main alerte son gilet, puis, comme pour signifier à tout le monde la pureté de son intention, enlaça à son tour Peter en une longue et chaleureuse accolade.

Les applaudissements et les rires fusèrent à ébranler les vénérables colonnes du Musée Egyptien qui marquerait d'une stèle ce jour où les enquêteurs Miss Sally Wood et Peter Tomsburry avaient sauvé des griffes du mal, le fabuleux Testament d'Agakor.

29

Dès le lendemain, tous les journaux relayèrent l'extraordinaire sauvetage du Testament. Miss Sally Wood et l'inspecteur Peter Tomsburry furent portés au rang de héros nationaux tant en Angleterre qu'en Egypte. Ils faisaient les unes de la presse internationale. Le haut-commissaire Allenby lui-même les reçut avant leur départ pour Alexandrie et le bateau qui les ramènerait à Londres. Ils s'étaient retrouvés, mais les nombreuses sollicitations qu'on leur demandait ne leur laissaient aucune intimité. À plusieurs reprises, Sally voulut user de cette soudaine popularité pour parler de sa demande d'intégration dans la police. Mais entre les réceptions mondaines, les interviews et le peu de temps qui lui restait pour rattraper quelque peu ses heures de sommeil, jamais elle ne trouva ni l'interlocuteur ni les conditions pour présenter sa demande. Sally en devenait frustrée et se disait que c'était maintenant ou jamais. Aussi quand ils reçurent un câble du commissaire Perkins les félicitant et heureux qu'ils soient sains et saufs, ils répondirent ensemble.

Merci - sommes touchés - prêts à reprendre le service - STOP -

La réponse mit Sally dans une grande tristesse.

Heureux - vous retrouver bientôt - à vos postes - STOP -

En cette fin d'après-midi d'avril 1915, le port d'Alexandrie s'affairait sans tenir compte des hommes et des femmes qui l'animaient. Leurs destins se jouaient d'unions en ruptures, de fortunes en banqueroutes, de la vie à la mort. Les ventres de fer exilaient les amours comme les crevettes, immigraient sans distinction tragédies et bonheurs. Les machines sans âme avalaient et vomissaient les choses et les peuples au bon vouloir des armateurs dont ce port antique assuraient aujourd'hui la richesse.

Sally et Peter avaient quitté Le Caire, le Testament, le professeur Philright et tous les autres dans une cascade de compliments et de gratitude. Une voiture du bureau britannique les avait conduits ici, à leurs derniers pas sur cette terre d'Egypte que jamais ils n'oublieraient. Au moment d'embarquer, Sally demanda un instant à Peter. Elle s'éloigna un peu. Peter se dirigea vers la passerelle et l'attendit avant le contrôle des passagers. Sally avait abandonné sa jupe pantalon de tweed vert foncé. Sortie des réceptions, sa robe blanche frémissait au vent chaud des sables. Il venait la saluer, lui dire qu'elle lui manquerait. Elle prit toute la mesure de cet ultime hommage. Ses yeux s'embrumèrent, elle ne reviendrait sans doute jamais ici. Il fallait quitter la parenthèse, les rêves d'héroïsme, ces villes ardentes où elle s'était sentie de chair et de sang. Il fallait rejoindre sa vie grise dans sa ville là-haut en Angleterre. Peter la rejoignit, posa une main sur son épaule. L'heure avait sonné. Dans le plus grand respect, il l'invita sans un mot à monter à bord du vaisseau froid au ventre de fer.

Le bâtiment décolla du quai. Sally et Peter étaient montés sur le pont supérieur. Sur leurs visages se rencontraient les vents du désert et du large. Il y avait encore trop d'émotion en mémoire pour dire quoi que ce soit. Ils restèrent ainsi jusqu'à l'heure du dîner. La nuit portait au loin les lueurs orangées de la côte africaine. Elle se perdait à l'horizon marin et un peu déjà dans leur esprit et leur petite faim.

La salle à manger, sans être celle du Britannia, honorait ses hôtes d'une belle ambiance encore égyptienne. Les meubles de bois sombre, les chaises à placets bleu nuit, les plantes et les tapis du pays, le plafond jaune pâle finement éclairé installèrent un instant de nostalgie chez Sally. Elle reprit un air serein lorsque le serveur tira une chaise lui offrant de s'asseoir. Peter prit place en face d'elle. C'était la toute première fois qu'ils se trouvaient seuls à une table de restaurant. À la table d'un charmant restaurant, sur un beau bateau et son sillage blanc dans une nuit étoilée de Méditerranée.

Ils avaient fort peu l'habitude des soupers au champagne. Mais ce soir-là, l'ivresse vint aussi de leurs souvenirs encore pétillants. Ils se remémorèrent chaque détail. Leur rencontre choc un soir de pluie. Le bureau enfumé chez le professeur. La découverte de la lettre à la gare. Ils considérèrent gravement leur enlèvement, les mauvais traitements, les luttes, cet homme tué avant leur échappée. Ils s'assombrirent à l'idée qu'ils auraient bien pu ne jamais faire ce voyage de retour. Ils se taquinèrent quant aux relations qu'ils avaient pu avoir avec Miss Austin et Glentork. Ils maudirent Vilmor pour ses crimes et rirent en imaginant sa tête découvrant la mallette vide.

— Et si on n'arrive pas à l'arrêter? Imaginez ce dont il est capable! dit Sally.

— Son immunité a été levée. Il ne sera plus jamais à l'abri nulle part. L'Apocalia n'est pas prêt de quitter Port-Saïd. Il doit trouver un autre moyen pour sortir du pays. Tous les ports et les frontières sont surveillés. Soit il devient égyptien, soit…

— Peter, ce n'est pas une frontière qui l'arrêtera! coupa Sally.

— Oui, je sais bien! dit-il doutant de son propre raisonnement. Espérons que le mandat d'arrêt international puisse le coincer, sinon…! Peter regarda Sally d'un air grave.

— Je sais… mais nous n'avons pas peur de lui, n'est-ce pas inspecteur! dit Sally sur le ton du défi. Nous allons le traquer. Nous le trouverons et cette fois-ci nous le mettrons pour longtemps hors d'état de nuire.

— Nous? Sally… vous êtes une femme totalement extraordinaire, surprenante, intelligente, d'une opiniâtreté hors du commun. Moi, Perkins, le Roi, le monde, nous avons une dette envers vous. Ce serait formidable de continuer à travailler ensemble. Vous valez plus que la plupart des enquêteurs de la Metropolitan qui sont pourtant déjà très bons. Mais les choses sont ce qu'elles sont! Le télégramme de Perkins est sans appel. Et avant un changement des lois dans notre pays, votre rêve, je le crains et le déplore amèrement croyez-le, restera irréalisable. Ne faut-il pas l'accepter?

Sally toisa intensément Peter, puis baissa la garde et les yeux.

— La vie est parfois si injuste! Je ne demande pas de privilèges, ni rien que je ne puisse assumer. Pourquoi les hommes nous considèrent-ils inférieures, comme une sous-espèce?

— Sally, il ne s'agit pas de cela!

— Ah… et de quoi s'agit-il alors? Nous ne sommes bonnes qu'à satisfaire leurs désirs qu'on en ait envie ou pas, à leur fournir des héritiers, à tenir leur intérieur et à y rester.

— Tous les hommes ne sont pas comme ça!

— C'est sans doute vrai! Mais même les bons ne font rien pour changer les choses. Leur silence est un consentement à cette injustice. Sally devint sombre. Rappelez-vous les mots du Testament : « *Les forts servent les faibles… juste tu seras.* » À quoi servent les mots si on s'en moque?

Son regard plein d'amertume se fondait à la nappe blanche. Profondément déçue, elle semblait abandonner la révolte.

— Sally! dit fermement Peter. Et bien cette fois, ça ne se passera pas comme ça! Sally surprise releva la tête.

Ce plaidoyer était entré droit dans le cœur de Peter et éveilla sa conscience qu'il jugea soudain trop docile. En dépit de son allégeance aux règles établies, de son respect infini pour la Couronne et de son engagement au service de la loi, Peter Tomsburry ne tolérait plus que l'aveuglement et la discrimination puissent briser des vies et en particulier celle de la femme qu'il aimait. Sur ce navire qui le ramenait à sa vie, il savait, dès cette seconde, qu'elle ne serait plus jamais pareille. Il se sentit conquérant, prêt à tout pour Sally.

— Peter? murmura Sally.

— Nous irons voir le Roi s'il le faut. Après ce que vous avez accompli…

— Ce que nous avons accompli Peter! coupa-t-elle.

— … je suis certain que nous obtiendrons facilement une audience. Lui seul peut décider d'une mesure d'exception lorsque les circonstances le demandent.

— Peter! répéta Sally qui aima de plus en plus le chevalier qu'il devenait.

— Sally Wood, je vous le dis, nous sommes et resterons une équipe. Nous trouverons le moyen de l'imposer au monde. Il s'agenouilla devant elle, lui prit la main… J'en fais ici le serment absolu.

Les clients attablés observaient la scène. Sans savoir ce qui se tramait à cette table, mais connaissant bien les deux héros par la presse, ils applaudirent ce que la plupart d'entre eux prenaient pour une demande en mariage. Extirpés de leurs émois, Sally et Peter hébétés regardèrent les gens comme s'ils découvraient qu'il y avait soudain un monde au-delà du leur.

Peter se rassit.

— Je crois qu'on nous a reconnus! dit-il en souriant.

— Et si nous laissions les projecteurs s'éteindre. Venez Peter! Dehors la nuit et le vent chaud nous attendent. Allons marcher sur le pont, vous voulez bien?

La soirée touchait à sa fin. La nuit prenait le relais. Le pont promenade s'endormait sous leurs pas retenus. Après un temps doux de silence partagé, Sally s'arrêta et posa sa main sur le bras de Peter.

— Mais si le Roi George refuse de…!

Peter ferma un instant les lèvres de Sally de son index. Dans un geste d'une infinie douceur, lui caressa la joue du revers des doigts. Ils atteignirent ses cheveux qu'il lissa d'un mouvement arrondi au contour de son oreille délicate. Sally frissonnait de plaisir. Elle prit la main cajoleuse entre les siennes, y déposa un baiser rouge feu. Il respirait son parfum. Elle aspirait cet homme. La lune en témoignerait longtemps. Elle nimbait leurs lèvres vierges. Ce baiser en approche avait mis des jours, des nuits à les chercher. Il avait fait un long et périlleux voyage pour les unir. Leurs regards mêlés faisaient déjà cet amour souhaité. Il frôla ses lèvres, elle les offrit doucement. Il caressa ses cheveux. Son bras, sa main dans le dos de Sally, il l'amena à lui. Leurs poitrines échangeaient déjà ce baiser. La fougue lâchée, il se perdit en elle, elle se fondit en lui.

— Sally je vous… je t'aime mon amour! Il voyait le croissant de lune rire dans les grands yeux noirs de Sally.

— Oh toi enfin! Elle se blottit l'enserrant de ses bras de femme.

L'oreille collée sur le cœur de Peter, Sally ferma les yeux. Il battait pour elle aussi maintenant. Peter posa la main sur ses cheveux. Il regardait au loin dans le fond de la nuit bleue que nul horizon ne venait habiter. Sur l'écran mat, il vit poindre l'existence qu'il avait appelée de tous ses vœux. Il serra Sally, lui donna sa chaleur comme un serment, le testament de son amour éternel. Elle l'accueillit d'une ample caresse, agrément signé apposé au bas de leur consentement. Cette nuit-là les emporta dans l'ivresse brûlante des corps. Union sacrée des peaux perlées d'eau et de frissons. Langage où se perd la raison, où se gagne le cœur. Fondu du temps et de l'espace. Amour de la mer à la terre, caresses de l'eau sur le feu. Cette nuit-là, ils gravèrent en eux cette part de l'autre, le don de vie, de soi, cet abandon à cœur ouvert. Peter et Sally jouaient, riaient, pleuraient dans le Tu qui sert les âmes entre elles. Ils partirent habiter les étoiles quand elles s'effacèrent dans le ciel rouge de l'aube marine.

En quelques jours, le bateau salua Gibraltar. Il laissait la Grande bleue pour s'en aller au nord sur un océan d'amour et de certitudes à conquérir.

30

Les jours à longer les côtes du Portugal, d'Espagne et de France engagèrent Sally et Peter sur une route lumineuse. Loin des tumultes, des dangers et des enquêtes, ils s'apprirent l'un l'autre comme l'eau et le feu avaient dû s'apprivoiser pour faire naître ensemble un nouveau monde. Ils se prenaient à jouer les vieux couples quand le rire les y invitait. Au creux de leur alcôve, ils pensaient mariage, à cette maison bouillonnante d'amour et d'enfants peut-être. Sally se grisait à ce bonheur prêt à porter. Mais au fond de son cœur, elle acceptait difficilement de plomber son rêve. Elle avait risqué sa vie pour montrer de quoi une femme peut-être capable. Pourquoi son bonheur devait-il être fondé sur la résignation et la convention des mœurs? « Epouser un homme bien et qui vous aime est le souhait de toute femme sensée. » se disait-elle. Faut-il renoncer pour être heureuse? Elle ne pouvait s'y résoudre. Mais face à la situation que même Peter et sa belle volonté ne pourraient sans doute pas changer, elle finit par se dire que garder son emploi, vivre avec l'homme qu'elle aime, le soutenir, savoir qu'il serait toujours là pour elle était une grande chance. Son audace à subtiliser des informations aurait pu lui valoir une condamnation et le renvoi. Si cette aventure ne l'emmenait pas au statut d'enquêtrice, elle lui apportait d'autres cadeaux : une fabuleuse histoire vécue, un bout de gloire et un amour qu'elle n'aurait pas cru possible.

Les côtes anglaises étaient en vues depuis quelques heures. Les détails grossissaient au fil des vagues tranchées par la puissante étrave. On vit bientôt les contours des villes, des villages, puis des maisons plantées dans le tapis vert des plateaux. Cette couleur d'Angleterre que les sables d'Egypte leur avaient presque fait oublier. Les falaises blanches étincelaient. Les strates des temps immémoriaux semblaient onduler aux poids de l'histoire et du peuple de cette île. Et la terre s'agenouilla jusqu'au bord de mer. Elle déroulait ses honneurs à leurs pieds. Le navire entra dans la rade de Southampton.

Massés au bastingage, les voyageurs agitaient les mains. Les signes joyeux aux inconnus, c'est comme applaudir l'artiste qu'on ne connaîtra jamais. C'est l'acte exulté du spectateur qui dit enfin qu'il existe. « Regardez-moi, j'étais là, dans l'ombre, à vous aimer! » Qui saluaient-ils? Peut-être se donnaient-ils le courage de descendre affronter leur vie? Les nouvelles avec leurs espoirs et leurs peurs, les longues avec leurs regrets résignés. Quand on débarque sur terre, il faut savoir s'attendre au meilleur, le pire viendra de lui-même.

Sally et Peter avaient eu le temps de se savourer. Le temps aussi de faire du Testament d'Agakor un souvenir intense, palpitant, un vécu véritable qui déjà devenait un conte. Ils en étaient fiers et heureux. Ça les lierait pour toujours.

Lorsqu'ils aperçurent des voitures de police alignées en éventail sur le quai, ils comprirent que le commissaire Perkins avait fait les choses en grand. La passerelle déployée, un double cordon de collègues traçait un chemin droit jusqu'aux voitures en attente. En voyant apparaître Sally et Peter, les policiers se mirent à entonner un costaud « Welcome back Miss Wood, welcome back Peter… » composé pour l'occasion par le frère contrebassiste du sergent MacCullum. La foule comprit progressivement. Des premières attentions de curiosité, elle finit par applaudir et crier à rompre les amarres. Au point que le contrebassiste entendit mourir son œuvre sous les vagues de hourras. Le triomphe dépassait ce que n'importe quelle star hollywoodienne aurait pu rêver de provoquer. Lorsqu'ils posèrent le pied sur le quai, le commissaire Perkins prit puissamment la main de Peter et l'attira à lui dans une accolade que le respect de la hiérarchie n'aurait jamais autorisée en toute autre circonstance. Il cria pour se faire entendre.

— Ah, vous voilà enfin, Peter! C'était la première fois que le commissaire l'appelait par son prénom. Bon retour parmi nous! Peter répondit sobrement et continua sous les tapes amicales en serrant les mains sans bien voir à qui elles pouvaient appartenir.

— Monsieur le commissaire! salua Sally dans un mélange de politesse et de fermeté.

— Miss Wood, notre héroïne! cria Perkins en l'accompagnant aux voitures dans le canal ouvert par ses hommes. Certains s'inclinaient de respect, d'autres, plus jeunes, tentaient de la toucher. La frénésie durait. Quand les véhicules se mirent en route, on demanda aux héros de saluer la foule. Le convoi quitta les docks. La paix revint sur les voyageurs ébahis. Ils mirent un moment à revenir à leur vie.

Le commissaire Perkins assis à l'avant se retournait pour leur parler.

— Eh bien, dites-moi, quelle aventure ce Testament! Je me réjouis d'entendre tous les détails. Je veux tout savoir, vous m'entendez, tout! dit-il en souriant. Nous sommes si heureux de voir sains et saufs. Jusqu'à la veille de la présentation officielle, les collègues n'avaient quasiment pas dormi depuis votre disparition. Pour dire vrai… poursuit-il avec pudeur, nous étions très inquiets!

— Désolés de vous avoir causé tant de soucis, commissaire! dit Peter, Sally confirmant d'un léger mouvement de tête.

— Vous êtes là, c'est ce qui compte! Vous avez fait preuve d'un courage et d'une sagacité exceptionnels dans cette affaire. Et sauvez ce document d'intérêt planétaire vous a rendus célèbres. Sachez qu'ici nous en sommes extrêmement fiers et reconnaissants... L'ombre au tableau, c'est la manière dont vous vous y êtes pris. Dans le fonctionnement de notre organisation policière, c'est hélas le genre de comportements qui ne passent pas bien. Pour ne rien vous cacher, une enquête de procédure a été ouverte par le préfet à la demande directe de la Couronne.

La voiture s'arrêta devant le commissariat de Wood street. Sally et Peter auraient voulu revoir cette porte de leur rencontre sans l'inquiétude qui montait en eux à cet instant. Ils entrèrent sous les ovations du personnel présent. Après les épanchements, les cris de joie et les félicitations, le commissaire les invita à entrer dans son bureau.

— Vous voyez, rien à changer ici! dit Perkins en retirant son manteau.

— Mais qu'est-ce que cette enquête signifie pour nous? demanda Sally.

Ils s'assirent. Dans les bureaux, le cours des affaires avait déjà repris.

— Tout dépendra des conclusions! Pour vous Peter, vous risquez une longue mise à pied, certes temporaire, mais sans solde. Au pire on vous ôtera le titre d'inspecteur. Mais bon dieu, pourquoi ne pas avoir suivi les procédures habituelles?

— Et pour Sally? demanda Peter prêtant peu d'attention à ce qu'il venait d'entendre.

— Miss Wood vous, c'est une autre histoire! S'il ne tenait qu'à moi, le dossier serait classé et vous pourriez de suite reprendre votre travail. Mais encore une fois, les plus hautes instances exigent des explications. Votre audace est remarquable et dans ce cas, elle a magnifiquement payé. Mais imaginez un instant que suite à votre implication quelque peu frauduleuse dans l'affaire, vous et l'inspecteur ayez réellement disparu.

— Mais…! tenta Sally.

— Il n'y pas que le résultat qui compte voyez-vous! Dans une société, une organisation, le non-respect des règles n'est pas acceptable. Si chacun y allait de sa propre façon de travailler, ce serait la chienlit. Sally ne contredisait pas le commissaire. Dans le fond, elle était d'accord avec ce principe. Autant vous le dire tout de suite, Miss Wood, vos chances de retrouver votre emploi sont minces. Vous avez accompli des prouesses, mais vous avez aussi volé des informations confidentielles dans le cadre d'une enquête en cours. Nos supérieurs ne sont pas prêts à vous refaire confiance comprenez-vous? Ceci dit, je pense qu'il sera tenu compte de votre succès et les poursuites pénales seront largement atténuées.

— Poursuites pénales! s'exclamèrent ensemble Sally et Peter qui se leva la colère aux lèvres.

— Commissaire, vous savez à quel point j'ai toujours apprécié mon travail avec vous. Mais sachez que si Sally devait être inquiétée d'une manière ou d'une autre, je donnerais ma démission immédiate. Tous ceux qui jugent assis au frais dans leur fauteuil n'ont pas la moindre idée des valeurs morales de cette femme d'exception. Elle est la meilleure d'entre nous. Et moi, Peter Tomsburry, fût-ce contre l'ordre établi, je la soutiendrai le reste de ma vie, entendez-vous? Viens Sally! Le commissaire saisit la force de leur union. Et les sentiments que nous partageons n'affectent en rien cette vérité : Miss Sally Wood est la meilleure d'entre nous.

Il prit la main de Sally. Ils se dirigèrent vers la porte.

— Je vous comprends Peter. Revenez quand vous serez

calmé et d'ici là inutile de vous dire de ne pas quitter la ville!

Ils franchirent l'allée des bureaux au pas de charge entre leurs collègues absorbés par leurs dossiers qui ne leur prêtèrent plus attention. Les héros devenus suspects et transparents sortirent le cœur gros, rempli d'incompréhension.

Dans le couloir menant à la sortie, ils ralentirent le pas.

— Merci Peter! Mais pourquoi risquer plus encore! Tu es fou mon amour! Elle se serra contre lui.

— Je ne suis plus le même, Sally. Tu m'as ouvert les yeux. Je ne me respecterais plus en représentant d'une loi qui se montrerait si aveugle, si bornée envers toi, mon cœur.

Ils reprirent leur marche forcée vers la sortie; cette porte qui avait vu leur première rencontre un soir de pluie. Peter posa la main sur la poignée de fer qui s'abaissa d'elle-même et lui échappa. Il eut à peine le temps d'être surpris. Sally s'approcha, la porte s'ouvrit sans prévenir et faillit les bousculer.

— Où comptiez-vous aller si pressés? demanda une voix autoritaire qu'ils ne connaissaient pas. En relevant la tête, ils échangèrent un rire complice. Cette porte maladroite, le souvenir drôle et charmant de leur premier soir les ramenèrent, le temps d'un sourire, au début de leur aventure.

— Préfet de police Cartridge! continua la voix. Votre situation ne prête guère à rire, croyez-moi! Trois silhouettes sombres découpées par la lumière de la rue se tenaient dans l'encadrement. Le préfet fit signe à ses adjoints.

— Raccompagnez Monsieur et Madame chez le commissaire Perkins!

— Monsieur le Préfet! Mais qu'est-ce que cela signifie? demanda Peter contenant son exaspération.

— Les plus hautes instances me demandent d'éclaircir certains points de l'enquête. Pour l'avoir approché, vous êtes les mieux placés pour nous parler du Dr Vilmor et de ses projets. Vous saisissez mieux que personne, je pense, le bien-fondé de nos inquiétudes. Peter résistait. Sally lui fit signe de céder. Allons, venez! intima sèchement le Préfet.

Ils gagnèrent les bureaux qu'ils venaient de quitter. Les trois hommes en costume noir suivirent Peter et Sally dont l'amertume était toujours là. Mais elle se teintait peu à peu d'une idée, naïve peut-être. Collaborer, livrer toute information pouvant mener à l'interpellation de Vilmor permettrait sans doute, par mesures exceptionnelles, l'abandon des charges qui pesaient sur eux.

La venue du Préfet Cartridge ne concernait que les affaires les plus graves. Le petit monde du commissariat les observa en prenant garde de bien rester à distance. Peter les connaissait tous. Ou de moins, il croyait les connaître. Il n'avait jamais vu ses collègues faire preuve d'une telle indifférence à son égard. Il n'avait pas l'égo d'une star de cinéma, mais après ce qu'il avait enduré, après les honneurs qu'on leur avait faits au Caire et sur le bateau, il ne comprenait pas. Avaient-ils interdiction de communiquer? Sally menait les mêmes réflexions. « Ils ont peur. Ils n'ont pas le droit de nous parler. À moi, je comprends, mais à Peter? La présence du Préfet n'arrange rien! » Ils se regardèrent abasourdis.

En s'approchant de la porte fermée de Perkins et revenant à leur priorité, ils se retournèrent vers les hommes en noir.

— Monsieur le Préfet! dit Peter, évidemment nous partagerons tout ce que nous savons et si vous nous maintenez à nos postes, notre concours pour confondre Vilmor sera sûrement utile.

— Il est totalement exclu que vous retrouviez vos postes! La porte derrière eux venait de s'ouvrir. Elle laissa entendre une voix qui les fit frissonner. Interloqués, plus très sûrs de leur jugement, ils se tournèrent lentement quand ils virent tout le bureau saluer en révérence et le Préfet dire en se penchant: « Votre Altesse, voici les prévenus! »

Le Roi Georges V en personne posait dans l'encadrement. Hormis le décor fait de dossiers et d'étagères, on aurait dit un tableau vivant du souverain. Une chape étouffée enveloppa les bureaux. Il n'y avait plus d'ordres braillés, plus de cliquetis des rapports en cours, plus de grincement sur les lames du parquet. Les collègues policiers s'approchèrent en laissant la place pour le personnel d'entretien que la présence royale avait attiré. Seuls les légers froissements des tenues venaient fendre le silence épais du commissariat.

Sally et Peter reculèrent, s'inclinèrent en bredouillant.

— Mais... euh... Votre Altesse! dirent-ils presque ensemble.

— Inspecteur Peter Tomsburry, Miss Sally Wood, reprit le roi, le monde et l'empire vous doivent leur reconnaissance. Grâce à vous, le Testament d'Agakor a été sauvé. Sans votre intervention, l'humanité aurait subi une perte inestimable. Nous souhaitions vous le dire en personne. Cependant, vos méthodes sont plus que discutables et nous contraignent à la sanction. Le préfet Cartridge devrait en principe s'acquitter de la suite, mais étant donné la portée universelle de l'affaire, nous nous porterons exceptionnellement juge ici. Inspecteur Tomsburry, on m'a communiqué vos états de service qui jusqu'à cette enquête étaient exemplaires. En voulant faire cavalier seul, vous avez outrepassé les prérogatives de votre fonction et enfreint la plus élémentaire des règles fixées par votre hiérarchie. De plus, vous avez entraîné cette jeune femme parfaitement inexpérimentée pour ce genre de mission, vous faisant courir à tous deux des dangers inimaginables qui auraient pu vous conduire à la mort.

— Votre Altesse, ce n'est pas...! tenta Sally.

— Pour ces raisons, poursuivit le roi, inspecteur Peter Tomsburry, nous vous retirons votre grade séance tenante. Il fit un signe au préfet qui ouvrit une boîte en la présentant à

Peter. Veuillez rendre maintenant votre plaque!

Sous les yeux muets de ses collègues, Peter, la déception et l'amertume au fond du cœur, posa son insigne dans la boîte. L'humiliation et le sentiment d'injustice le brisaient.

— Miss Wood, reprit le roi, vous nous avez placés dans un grand embarras. Vous avez fait preuve d'une audace rare afin de parvenir à vos fins. Vos supérieurs vous faisaient confiance. Subtiliser des informations confidentielles d'une enquête de police est un délit très grave. De plus, par nous ne savons quels stratagèmes, vous avez amené un officier de police à ignorer sa déontologie, à rompre avec les codes de la loi qu'il est sensé servir. Pour ces raisons, vous êtes démise de votre poste au service d'entretien avec effet immédiat.

— Mais Votre Altesse, Miss Wood a...! tenta Peter.

— Non seulement vous ne semblez pas reconnaître vos erreurs, mais en plus vous vous soutenez aggravant encore votre situation. Cependant, on ne saurait vous reprocher votre esprit d'équipe et votre loyauté réciproque.

Le commissaire Perkins s'approcha du Roi Georges et lui glissa un mot à l'oreille.

— Vous avez raison commissaire, j'allais oublié! dit le roi. Ces sanctions s'accompagnent de mesures particulières liées au cadre extraordinaire de cette affaire. Peter Tomsburry, en dépit des charges à votre encontre et pour service héroïque et d'un exceptionnel courage rendu à la Couronne, pour votre volonté à confondre le coupable, pour vos blessures infligées dans des circonstances assimilables à de hauts faits de guerre, pour vos grandes compétences dans l'exercice de votre fonction, enfin pour le sauvetage de ce trésor pour l'humanité tout entière... il fit un autre signe au préfet qui ouvrit une seconde boîte... nous vous nommons dès ce jour au grade de commissaire adjoint de la Metropolitan Police de Londres. Le roi accrocha le nouvel insigne au veston de Peter. Figé, il remercia le roi et bouche bée observa les gens sans rien pouvoir dire. Les larmes montaient, ses yeux tombèrent dans ceux de Sally. Elle était heureuse pour lui. Comprenant le regard affecté qu'elle lui portait, il ne goûtait qu'à moitié sa bonne fortune. Ils se serrèrent fort l'un contre l'autre. L'assistance éclata en cris de joie dans une exultation jubilatoire. Le calme revint quand le roi reprit.

— Quant à vous Miss Wood, pour la suite de cette affaire, nous vous prions de vous tenir à la disposition du commissaire Perkins. Peter voulut réagir, fort de son nouveau pouvoir. Mais le roi continua. Pour votre courage exceptionnel, pour votre audace hors du commun, pour l'aide infiniment précieuse que vous avez apportée au commissaire adjoint Tomsburry et enfin, pour le sauvetage du Testament d'Agakor, ce trésor unique, nous vous nommons officiellement..., le roi sourit en regardant Sally... inspectrice à la Metropolitan Police de Londres. Sally contenait mal le frémissement qui s'emparait d'elle. Le roi Georges conclut. Cette première historique dans notre pays a été ratifiée par la Chambre des Lords en raison d'actes extraordinaires et remarquables au service de l'Angleterre et de l'Empire britannique. Sally se laissa submerger par l'émotion. Elle leva ses yeux embrumés vers Peter et prit une seconde pour déposer sur ses lèvres un baiser qui émeut chacun, jusqu'au roi lui-même.

Son Altesse George V prit congé un instant plus tard, non sans avoir relevé la chance de la police d'avoir un pareil duo en son sein. Le commissaire Perkins interrompit le travail sitôt après le départ du roi. Tout avait été prévu. Les inspecteurs, les agents et leurs collègues de l'entretien s'empressèrent de mettre en place verrée, petits plats et décoration. La contrebasse du frère MacCullum appuyait l'accordéon de son épouse. Tout le monde voulait savoir. Peter et Sally ne se parlèrent presque pas. Chacun de son côté donnait conférence contant leur incroyable histoire aux oreilles tendues, aux yeux écarquillés, aux lèvres closes. Entre discours, narrations, applaudissements, boutades, rires et pleurs, tout le panel des émotions exalta les cœurs et enfiévra les corps. Sally et Peter se regardaient parfois comme pour ne pas se perdre, comme pour promettre de se rejoindre bientôt. Cette fête était celle de leur retour et de leur départ vers une vie nouvelle. Les collègues du poste de Wood street exultaient. Ils étaient les premiers dans l'histoire d'Angleterre à compter une femme enquêtrice dans leur rang. Ils pouvaient en plus se targuer de hauts faits de bravoure au service de la Couronne et du monde même. Dans ces bureaux que Sally ne nettoierait plus, ils firent durer ces instants de joie pure jusqu'au petit matin.

Dans les jours qui suivirent, les deux héros connurent tous les honneurs des plus grandes vedettes du moment. Partout le peuple britannique les adulait. Sally et Peter savouraient cette reconnaissance. Mais ils avaient hâte de se retrouver pour construire leur vie à deux. Ils savaient aussi que la réalité moins glamour des enquêtes de police les attendrait quand les feux de la rampe s'éteindraient.

31

Londres n'avait jamais été si belle. Ce matin de printemps claquait sur la petite fenêtre de la cuisine. Sally l'ouvrit. Les toits bancals luisaient. L'air chaud bondissait. Il lui rappelait l'Egypte. C'était le même soleil, le poids en moins. Les gens de la rue marchaient dans leur vie. Sally courait dans la sienne, vers Peter, vers Wood street où un commissaire et douze inspecteurs allaient devoir ouvrir grand leur esprit.

Sally Wood n'avait jamais posé des pas si sûrs sur le pavé de l'East End. Les échoppes ne la reconnaissaient plus. La petite Wood avait grandi, elle avait osé. Par un coup de folie, elle avait joué à la vie, à la mort. Elle avait joué sa vie d'alors. Un jeton sur un tapis vert. Le seul qu'elle trimbalait au fond d'une besace fripée. On ne devrait pas avoir peur de perdre une vie morte. À son dernier soir de femme d'entretien, il lui avait fallu vivre vraiment pour ne pas mourir lentement. Elle avait pris le risque de braver les règles, au-delà de la prudence. Elle avait gagné. Elle voulait le crier à cette rue et toutes les rues qui ne se réveillaient jamais tout à fait.

Le commissariat approchait. Au passage de Sa porte, celle qui s'était ouverte sur son destin, elle quitta la joie simple d'exister pour déguster sans retenue son rêve, son rôle, sa nouvelle fonction.

— Inspectrice Sally Wood, dit-elle fièrement en montrant son insigne au garde en poste.

— Inspectrice Wood, c'est un honneur! répondit le policier presque intimidé.

Sally arpenta le grand hall qu'à chaque soir auparavant poussant son chariot, elle craignait tant de traverser. Elle allait entrer dans l'allée bordée des douze bureaux qu'elle connaissait si bien. Elle poussa la porte, son cœur secouait sa poitrine. Tout allait être si nouveau. Pour elle, pour ces hommes aussi. Serait-elle reçue en professionnelle? Qu'allait-elle devoir accomplir pour faire sa place dans ce monde qui n'avait jamais connu que des mâles fumeurs et sûrs d'eux? Ces questions ne servaient à rien, elles n'avaient pas les réponses. À peine entrée, elle vit Peter venir à sa rencontre.

— Bonjour mon amour! dit-il d'abord tout bas sans l'embrasser. Elle s'était déjà avancée prête au baiser. Bonjour Sally! reprit-il tout haut. Venez, le commissaire Perkins vous attend. Sally ne comprenait pas ce « vous ».

— Peter! murmura-t-elle, je dois te dire vous aussi?

— Je pense que oui… pour l'instant en tout cas. C'est un grand changement pour eux tous. Nous allons les laisser s'habituer à toi, une collègue féminine. Et à force, je suis sûr que nous pourrons vivre normalement notre couple ici. Peter frappa à la porte du commissaire Perkins.

— Entrez Miss Wood! dit joyeusement le commissaire, pardon… inspectrice Wood. Peter voulut se retirer, mais Perkins les pria de s'asseoir.

— Merci de votre accueil, commissaire! dit Sally, comme vous vous en doutez, je suis très émue. Tout est si nouveau, surréaliste.

— Entre nous, permettez que je vous appelle Sally… comme je dis Peter au commissaire adjoint Tomsburry? Elle sourit, Sally, reprit le commissaire, je crains que votre formation ne soit des plus courtes. Nous devons agir au plus vite. Tous les deux, vous connaissez mieux que personne les crimes dont Vilmor est capable. Nous devons immédiatement retrouver sa trace et l'empêcher de nuire une fois pour toutes.

— Et l'affront qu'il a subi au Caire ne peut que nourrir son désir de vengeance! dit Peter appuyé en silence par Sally.

— Limpide! confirma Perkins. Vous connaissez, je pense, l'existence des Légions de l'Apocalypse. Ils acquiescèrent. Selon certaines sources, une phalange dormante aux Etats-Unis serait en passe de se reformer. On ne sait pas dans quel but, mais il paraît certain que Vilmor prépare une opération d'une envergure sans précédent.

— Mais que pouvons-nous faire d'ici? L'Amérique est un peu éloignée de notre juridiction! dit Sally pragmatique. Peter lui sourit.

— C'est vrai! poursuit Perkins. Mais cette affaire du Testament d'Agakor a ouvert la collaboration policière au niveau international.

— Que voulez-vous dire commissaire? demanda Peter.

— Je veux dire que dans trois jours, vous partez tous les deux pour New York! Des indices plus que prometteurs prouveraient la présence de Vilmor là-bas. Le sergent MacCullum vous donnera vos billets et toutes les informations nécessaires. En attendant, inspectrice Sally Wood, sachez que nous sommes fiers de vous avoir parmi nous. Peter, vous avez trois jours pour mettre votre collègue au courant de nos usages et tous deux pour préparer votre enquête américaine. Au travail et bonne chance!

Assis côte à côte au bureau de Peter, le dernier qu'elle avait nettoyé quelques semaines plus tôt, ils lurent les rapports et informations reçus des enquêteurs américains.

— Avec ce filet que nous allons tendre sur la tête de Vilmor, cette fois il n'a aucune chance! dit Peter sans lever la tête du dossier.

— Vilmor c'est une chose, mais ses adeptes, ces Légions de

l'Apocalypse, ça me fait peur! avoua Sally.
— Un dragon sans tête ne peut plus faire grand mal!
— Sauf s'il en a plusieurs! répliqua Sally songeuse.
— Et bien, nous les couperons toutes!
— Et après que ferons-nous mon Peter?
Il lui prit les mains en s'assurant de rester discret.
— Après, il n'est pas impossible que vous quittiez l'East End, cher amour. Je connais un merveilleux coin pas loin d'ici. Un paradis pour des jeunes mar...., je veux dire pour toi et moi! dit-il le bonheur dans les yeux.
— Comme vous y allez Peter Tomsburry! s'amusa Sally, il faudrait que je visite d'abord! Elle retint un baiser en observant autour d'elle. Ce soir, je te couvrirai de mes doux baisers! lui dit-elle enjôleuse.

Ces jours et les nuits furent délices et enchantements. Les collègues adoptèrent Sally. Sa gouaille les emballait. Lors des courtes pauses, ils ne se lassaient pas d'entendre leur jolie collègue conter encore leur aventure égyptienne. Le commissaire Perkins se joignait à eux, mais finissait par interrompre le spectacle. La bonne marche du service en dépendait.

Au matin du départ, à nouveau sur les quais de Southampton, Sally et Peter se présentèrent au débarcadère de la White Star Line. Quand ils levèrent les yeux le long de la gigantesque coque de l'Olympic, ils s'assombrirent en pensant au torpillage du Lusitania quelques semaines auparavant. Mais les bateaux faisant route vers les Amériques n'étaient pas les premières cibles des sous-marins allemands. Ils se contentèrent de cette statistique et montèrent à bord.

Les remorqueurs arrachèrent le majestueux paquebot à son quai. Sally et Peter regardèrent longtemps leur île s'éloigner. Elle disparaissait à l'horizon de leur combat annoncé. La lumière douce de ce printemps londonien, les caresses drapées complices de leurs amours s'effaçaient. La lumière et l'amour seraient toujours là, il le faudrait. Des ombres épaisses pointaient à l'autre bout du monde, sur un sol puissant et fragile, sourd à l'épouvante des Légions de l'Apocalypse et de leur chant de mort.

— FIN —

Copyright © 2021 Pierre Repond

All rights reserved.

ISBN: 9798553139834

Printed in Great Britain
by Amazon